KB143416

# 추억이 머무는 시간

**초판 발행** 2018년 12월 19일
**지은이** 시계문학회

**펴낸이** 안창현 **펴낸곳** 코드미디어
**북 디자인** Micky Ahn
**교정 교열** 오재령
**등록** 2001년 3월 7일
**등록번호** 제 25100-2001-5호
**주소** 서울시 은평구 갈현로 318-1
**전화** 02-6326-1402 **팩스** 02-388-1302
**전자우편** codmedia@codmedia.com

ISBN 979-11-89690-04-5  03810

**정가** 10,000원

시계문학 열한 번째 작품집

# 추억이 머무는 시간

스산한 바람 불고 단풍 진 나뭇잎 뚝뚝 떨어져 발 앞에 수북이 쌓였습니다. 한 해를 제대로 마무리해서 보내야 될 시간인 것 같아 마음을 더 여미게 됩니다.

　　발길에 밟혀 바스러져 흩어지는 낙엽 조각들도 황홀한 아름다움의 시간을 가졌음에 우리의 인생길도 그렇게 닮아있음을 낙엽을 밟으며 더욱 느낍니다.

　　이렇듯 자연 속에서 소소하게 다가드는 느낌을 잡으며, 가슴을 툭 치는 그 무엇을 붙들고 글 속에 묻혀 짓고 가꾸고 하는 사이, 우린 다시 동인지 11주년을 맞이했습니다.

　　문우님들께서 열심히 창작에 성을 다하여 건강하게 밝은 모습으로 즐거이 참여해주심은 우리 모두의 행복이고 기쁨입니다.

　　올해 새로 참여해주신 문우님들께서도 적극적으로 작품 활동해 주시고 활력을 불어넣어 주셔서 감사드립니다.

　　문우님들 일 년 동안 수고 많으셨습니다. 감사드립니다.

　　우리들의 지연희 교수님, 다난한 마음의 힘드심에도 꿋꿋이 여기저기 다독이시며 이끌어주심을 진정으로 감사드립니다.

시계문학회 회장 박옥임

# Contents

# Contents

# 탁현미

나무들의 의연함을 배우고 싶다.
이 가을에

### 시

그 길 위에는 | 낡은 나무의자 | 여름 속을 걷다 | 왠지. 그냥 | 짝꿍

### PROFILE

서울 출생. 『문파』 신인상 당선 등단. 한국문인협회 회원. 문파문학인협회 회장역임. 시계문학회 회장역임. 공저: 『너의 모양 그대로 꽃피어라』 『문파문학 대표 시선 집』 외 다수

# 그 길 위에는

완만하게 놓인 십여 개의 나무 계단
그 끝자락에 봄이면 붉은 꽃 피는 철쭉
그곳엔 내 심장 한 조각 물고 간
네가 영원히 잠들어 있다

벗꽃 잎이 눈처럼 휘날리던 날
내 곁을 찾아온 작은 생명
곰실곰실 비칠비칠 걷던 모습
저절로 웃음이 나오고 말을 걸게 했지
외로움도 활화산 같은 분노도
너의 작은 몸짓과 침묵으로 위로받고
이 길 저 길을 기웃거리면 걷던 나의 분신

어느 추운 초봄에 혈소판 감소로
독한 약을 먹어가며
곁에 머물렀던 사년이란 세월
한없이 맑은 하늘 잔잔한 바람이 불던 초가을
친구 만난다며, 일찍 온다는 말 한 마디 남기고 떠나는
내 뒷모습 힘없이 쳐다보던 맑은 눈
끝내 너의 마지막을 지켜 주지 못한 미안함

떨어져 나간 심장 한 구석이 언제나 눈시울을 뜨겁게 한다.

그 길 위에 쌓인 그리움은, 언제나
멀어졌다 다시 돌아오는
부메랑


## 낡은 나무의자

가을걷이 끝난 빈 들녘
마음 한 구석에 찬바람이 불면
나지막한 야산 올레 길을 걷는다
살랑살랑 바람이 지나가고
무수한 나뭇잎 사이로
햇살이 부셔져 내리는 그곳엔
즐겨 찾는 낡은 나무의자가 있다

수북이 쌓인 낙엽을 쓸어내고
앉아 심호흡하고 있으면
조근조근 얘기하는 소리가 들린다
오늘 서너 마리의 참새가 놀다 갔노라고

올망졸망한 아이들이 큰 소리로 웃고
뛰어다니며 낙엽을 주워 날리고
털복숭이 강아지 안은 노인도
젊은 부부가 즐겁게 웃으며 갔노라고
끝없이 소곤소곤 속삭이는 의자

그 낡은 나무의자는 오래전
양로원 한 구석에 쪼그리고 앉아
중얼중얼 혼잣말하고
보자기에 물건을 쌌다 풀었다 하며
소꿉놀이 하는 아이처럼 천진하게 웃던
사람들의 마음을 따뜻하게 해주던
등 굽은 할머니가 생각난다


## 여름 속을 걷다

폭염이다 열사병이다 매스컴 소리 뒤로하고
한여름 폭염 속을 걷는다

머리에선 맑은 샘물 흘러내리고

소곤소곤 뺨을 어루만지며 지나가는 바람
참새들 앞장서 길 안내하고
더위에 힘겨운 듯 늘어진 들꽃 사이를 지나
시름시름 힘겹게 짝 부르는 매미소리 들으며
자주 찾는 작은 정자에 앉아 눈을 감는다

온몸에선 샘물이 흘러넘치고
잠자던 세포들 깨어 일어나고
요동치는 맥박
팔다리가 흔들흔들
온몸이 가벼워지며 춤을 춘다

고요하다
자유롭다
마음속 깊은 곳에서 치솟는 충만함
한여름의 폭염 속

# 왠지, 그냥

그냥, 생각만 해도 마음이 따뜻해지고
오랜만에 만나도 반갑게 달려가
안아주고 싶은 기분 좋은 사람
긴 세월
좁고 굽은 언덕길을 오르면서
넘어지기도 하고 미끄러지면서 살았지만
지난 세월 뒤돌아보면 별거 아니라며
맑게 웃음 짓던 모습에
왠지, 마음이 아려오며
눈물 핑 돌게하던 여인

바람 부는 날이면
눈가에 잔주름 그리며 웃던
맑은 웃음소리 찾아 걷는다

# 짝꿍

어둠이 희끄무레 밝아오면
한 쌍의 카나리아
조잘거리며 활기찬 날갯짓으로
긴 베란다 운동한다며 날고
찬 물에 첨벙첨벙 목욕도 하고
다정하게 고개 갸웃거리며 아침을 먹는다
한낮, 서방님은 나뭇가지에 앉아 노래하고
아낙은 화분들 사이 날아다니며
이것저것 챙기느라 분주하다
서쪽 하늘에 초생달이 얼굴을 내밀면
분주했던 그들의 일상도 저문다

어느 바람이 세게 불던 날 아침
수컷이 베란다 한 구석에서
맑은 눈으로 쳐다보며
가녀린 목소리로 울고 있었다
그 곁에 짝꿍의 주검이 있었다

오늘도 나무 끝에 앉아

시름시름 울음인지 노래인지
짝꿍을 부르고 있다

又敬堂

# 임정남

산과 들 온갖 진풍경에 눈 감으면 행복하고
눈 뜨면 행복하고
코스모스 억새며 같이 있어 더욱 아름다운
삶을 엮어가고 있습니다.

## 시

넘치는 가을이지만 | 분홍 낭만 | 그리움
문득 | 생강나무

## P R O F I L E

경북 영주 출생. 안동교대 졸. 교사 역임. 『문파』 시 부문 신인상 등단. 국제펜클럽, 문
인협회 용인지부 회원. 한국문인협회 위원. 문파문학회 회장. 시계문학회 회장 역임.
現 문파문인협회 회장. 제9회 문파문학상. 제2회 시계문학상 수상. 저서: 시집 『비로
소 보이는 것은』 『낮달』 공저 『너의 모양 그대로 꽃 피어라』 『가을 햇살 폭포처럼 쏟아
지는데』 『문파문학 대표 시선 집』 외 다수

# 넘치는 가을이지만

소 목엔 쇠방울 소리
여름 내내
작은 산골마을에서 이어지더니
벌써 노랗고 빨-간 단풍이

어릴 적 친구 오랜 세월 삭힌
무-지 같은 할매를 만났다

알프스 하이디처럼
초원을 누비던 시절 얘기하며
꿈꾸었던 이상과 낭만을 회상하며
붉고 누런 이야기 실타래
강물 흘러가듯이 이어갔다

마음은 달빛에 가리운 채
붉은 잎은 더욱 붉어져
허공에 대고 소리 없이 소리쳐
단풍잎 우수수 떨어지고 있다

## 분홍 낭만

짓 골 뒷산
봄 마당
컴컴하고 축축한 땅속 어디에
찬란한 물감이 화려하다

봄 장터
가장 빛나는
해 기울기 직전
눈을 뜰 수가 없다

햇살을 뒤로 둔 바람이
미친 듯 희롱하는 듯
발랑발랑 나부끼는
분홍 꽃 맹랑하다

누구랄 것도 없이
정분나서 엉킨 작태에
봄 맑은 마음에
와르르 무너지고 있다

# 그리움

쏟아지는 함박눈
연달은 산과 들
장중함이 더한 겨울 풍경에
감성이 동서남북을 날은다

두고 온
그리움이 고개를 들고
화롯가에 밤을 굽던…

손을 흔드는 어머니
시선을 피해
산모퉁이 돌아서 눈물 찍던
간절함이 사무쳐 지금도
목젖이 꿀꺽꿀꺽…

겨울은 꽃 피고도
열매 없는 꿈처럼
묻어 두는 무덤 같은 계절
겨울잠이 그렇듯
죽음 같은 잠을 청한다.

# 문득

뻐꾸기 뻐꾹! 뻐꾹!
그리움이 뻐꾹! 뻐꾹!

높고 경이로운 하늘도
땅이 없으면
하늘이라 하겠는가
이제야 깨달으니
그 어리석음이 어찌
나! 뿐이랴
밟고 뛰어도
꺼지지 않는 땅이 있기에

생각이 흘러가면
집 근처에서 피고 자라던
꽃과 나무들
텃밭에서 많고 많은 들꽃들 사이
흰나비 노랑나비와 함께
뛰놀던 그 시절

빗방울 소리 피어오르는

알싸한 흙냄새는 어디가고
다정하던 부모님도
영혼의 어둠 속에서 더욱 그립다


## 생강나무

음력설 지나면
산자락 노랑꽃 유난히도 빛나
목을 빼고 창밖을 내다본다

산수유보다 먼저
봄을 타고 청춘이 온 것처럼
만 가지 생각 헤아리던 마음이
들뜨고 있다

생강나무 산 동백은
동백기름 거듭나고
보름이면 다듬이질 비단옷에
가르마 한 검은 머리
동백기름 치장하고

치마 깃 감싸 안고
친정 가던 우리 엄마

기척도 사라진
찬바람 속 시린 꽃 눈
어젯밤 내린 비에
그렁그렁한 꽃물이
뚝뚝 흐른다.

---

* 동백기름_ 동백꽃 열매기름 (남도 지방)
* 동박기름_ 생강나무 꽃 기름 (경상도 북부)
* 동백기름_ 동박기름 머리에 바르는 기름

# 박옥임

바람에 밀리어 뒹굴며 날리는 낙엽,
시간이 옷을 벗고 있다.
하지만 자연은 다시 온기를 찾아 돌아오지만
우리네 모습은 긴긴 한해살이일 뿐.

시

비에 젖어 | 바람 바라기 | 빈 방
무심한 날 | 어느 할머니의 독백

**PROFILE**

부산 출생. 성균관 대학교 교육학과졸업. 『문파』 시 부분 신인상 당선 등단. 문파문인
협회 부회장. 시계문학회 회장. 한국문인협회 회원. 한국문인협회 용인지부회원. 저서:
『문득』 공저: 『그랬으면 좋겠다』 『문파 시선』 외 다수

# 비에 젖어

비 오는 날이 좋다
소리 없이 내리면 더욱 좋다
짙은 회색빛 조근조근 눌러
상념을 놓아버릴 수 있어서 좋다

몽실몽실 피어나는 잎들
저마다 목을 드리우고
함초롬 젖어가는 부드러움이 좋다

그런 날에는
달려가는 시간 잠시 쉬게 하고
그윽한 눈빛으로 감싸주는 사람 하나
그리워해도 좋겠다

# 바람 바라기

잎을
나무를
숲을 어루만지며
다가오는 바람

청명한 숲의 그늘
나는 나무 되어
바람 바라기 하며

두 눈 꼭 감고
네 두 손이 내 얼굴 감싸며
불러줄 노래 기다린다

살갑고 보드랍게 감겨오는
너를 느껴보는 하루

## 빈 방

옹골지게 차가운 시간
사방이 막힌 벽에 갇혀
덩그러니
하얗게 비어진 방

뼈와 살은 공중에 헛도는 기도문
아프다


## 무심한 날

꽃비 내리는 봄날
너를 보내고 가슴은 막혔다
열네 살 어린 네겐
버거웠던 세상
미안하다
용서해다오
위로도 용서도 받지 못할
비명 같은 울음

허공에 메아리 되어 떠돈다
이별이 인식되지 않는
끝없이 아득한 아픔
볼 수 없는 널
가슴에 박고
함께 감는 실신한 눈

어느 엄마의 피맺힌 가슴을
다른 뉴스가 무심히 덮는다


## 어느 할머니의 독백

개성으로 장사 왔다 두 동강 난 강산
끝내 볼 수 없는 그리운 내 고향
검은 머리 반백 되도록
인간으로 살 수 없는 땅에서
남쪽 하늘에 박힌 별 세어보며
서러움으로 탈진된 시간들
허기에 지쳐서 물 한 모금 적셔보려
우물가 앉았으나

손 끝 하나 움직일 여력이 없구나

꺼이꺼이
'찔레꽃 붉게 피는 남쪽나라 내 고향'
꺼이꺼이
'언덕 위에 초가산간 그립습니다'

입술만 달싹이다 눈이 감긴다

---

* 작은 괄호(' ') 안에 내용은 찔레꽃 노래의 가사 일부입니다.

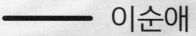

# 이순애

가을마저 불태우는
붉은 단풍의 열정이어라

**수필**

특별한 정성 | 분신 2 | 흔들림

**시**

한숨 | 오늘의 기도

## PROFILE

충남 논산 출생. 한국방송통신대학교 국어국문학과 졸업. 한국방송통신대학교 문화교양학과 졸업. 문파문학 시, 수필부문 신인상 등단. 한국문인협회 회원. 문파문학회 운영이사 역임. 한국문인협회 동인지문학연구위원. 가톨릭문인협회 회원. 시계문학회 회장역임. 방송대문학회 부회장역임. 저서 : 수필집 『그때 그리고 지금』, 시집 『예감』, 공저 『바람이 창을 두드릴 때』 『문파문학 대표 시선 집』 『등나무 풍경』 외 다수. E-mail: slove668@hanmail.net

# 특별한 정성

　　십일월의 마지막 날이다. 잠자리에 누우며 낮에 지하철에서 들은 말이 생각난다. 금년은 금방 가는 것 같다고 한 사람이 말하자 누군가가 내년은 더 빨리 간다고 하는 말을 들었다. 잠지 못하는 계절을 보내야 하는 아쉬움인지 올 들어 제일 추운 날씨라는 일기예보 때문인지 몸이 움츠러든다. 찬기가 마음을 잡고 흔든다. 쉬 잠들 것 같지 않은 긴 겨울밤이 토막토막 잘린 자리마다 얼음 기둥이 솟아올라 서걱거린다. 추위에 떨리는 듯한 전화벨이 울린다. 이 밤중에 누굴까. 작은딸이다. 사위가 인삼차를 끓여다 놓았으니 거실 밖 출입문을 열어 보란다.

　　문을 여니 특별한 정성이 기다리고 있다. 꼭지가 랩으로 감겨있는 커다란 주전자다. 손을 대보니 아직 따끈하다. 무거워서 겨우 들고 와 열었을 때 인삼과 생강을 가득히 넣어 끓인 차가 한가득이다. 감기 기운이 있는 남편을 깨워 한 잔 권했다. 끔찍이 사위들을 사랑하는 그 마음에 더욱 크게 감동하고 감기가 뚝 떨어져 달아난 듯 큰 기침을 하며 발걸음 가벼이 방으로 다시 들어간다. 따뜻한 차에 녹아내린 얼음 기둥은 인삼차를 앞세우고 체온을 유지시키기 위해 온몸을 돌아 유희하다 온기만 남기고 사라진다. 몸의 상태와 달리 기쁨은 잠시뿐이다. 마음은 어둠 속에서 소금밭을 저벅저벅 걸어 새벽 안개를 따라가고 있음은 웬일인지.

　　갑자기 기온이 널뛰듯 한다. 영상의 날씨에서 영하 7도인데 체감 온도는 그 곱절이나 되는 한밤중이다. 바람은 기온을 따라잡으려고 더 극성을 부린다. 사위를 따라 초등학교 이학년 어린 손자가 나도 같이 가서 드리고 와야 된다며 따라 왔다는 것이다. 차를 타면 엎질러질지 모른다며 걸어서 삼백여 미터를 오가는 밤길의 추위에 볼은 떨어질 듯하고 손은 깨질 듯 곱았을 것이다. 불이 꺼져 있으니 들어오지도 않고 아이를 데리고 되짚어 가는 발걸음이 얼마나 춥고 떨렸을까. 이런 날씨에 인삼차가 안성맞춤이라는 생각은 온데간데없고 이불 대신 자식 사랑이란 아린 마음만 긴 밤을 서리서리 덮는다.

밖에 나갔다 전화를 못 받을 때가 있다. 나중에 전화하면 집에 무얼 갖다 놓았다고 한다. 돌아와 보면 빈대떡과 막걸리를 사다 냉장고에 넣어 놓고 갔다. 남편과 한잔 하려다 그냥 간 모양이다. 열 살 때 아버지를 여읜 사위는 장인을 아버지처럼 따르고 장인 역시 그 사람에게 아버지는 나밖에 없다며 내 자식보다 더 소중히 여긴다. 다정한 친구처럼 거리감 없이 가끔 서로 전화해서 만나 맥주 한 잔씩 하며 대화를 나누니 그보다 더 따뜻한 사이가 있을까. 사위는 술을 잘 못하지만 대접하기 위해 특별히 신경을 써줘서 장인은 고마운 마음으로 늘 칭찬을 아끼지 않는다. 아이들 먹을 간식을 사더라도 우리 내외가 먹을 것까지 챙겨서 들이 밀고 가니 여간 정성이 아님을 안다.

들어온 식구를 소중히 여긴다. 그런 경험은 친정어머니와 시어머님께 배운 사랑법이다. 아무리 내 자식이 효자일지라도 들어온 식구를 감싸고 내 자식을 나무란다. 진정 어린 마음에 감동한 들어온 식구들은 제 배우자들에게 하지 않는 비밀이야기도 처가에 와서 함께 나누는 사이가 된다. 아무리 추운 날씨라도 강물처럼 유유히 흘러지나 가고 강물의 밑바닥처럼 따뜻하다. 대화를 하다보면 때로는 여름의 시원한 사이다 맛으로 꿀꺽 꿀꺽 넘어가고 또는 겨울에 먹는 곰탕 한 그릇의 맛처럼 따뜻한 가슴 되어 특별한 정성으로 다가 온다.

시골집에서 가져 올 게 있었다. 책장을 가져오고 소나무를 캐다 옮겨 심을 일이 있어 작은 사위의 공장에서 트럭을 가지고 아들과 함께 시골집에 왔다. 바빠서 늦게 출발한데다 차가 막혀 밤 12시에 도착했다. 작은사위는 도착하자마자 제 어머니께 전화를 한다. 차가 좀 밀려서 지금 도착했으니 걱정 말고 잘 주무시라는 전화다. 이 밤중에 무슨 전화냐고 속으로 깜짝 놀랐다. 아침저녁 문안 인사를 하는 사위는 오전에 오늘 계획을 말씀드린 듯하다. 미처 오후에 전화를 못 드렸고 어머니는 기도하며 아들의 전화 오기를 기다렸지 싶다. 하루 이틀도 아닌 평생의 정성이다. 효자인 줄은 알았지만 가슴이 달빛보다 따뜻하고 별빛보다 더 빛나고 있는 모자관계에 대해 다시 한 번 생각하게 한다. 그 정성은 추위를 녹이는 온기다.

강물이 거슬러 올라가는 법은 없다. 사위의 아들 역시 효자다. 그 밤중에 아빠를 앞장서 추위를 무릎 쓰고 오는 마음은 부모에게 보고 배운 대로다. 제 할머니가 계신 시골을 가면 돌아올 때는 한없이 눈물을 흘리며 할머니 혼자 두고 가서 안 되셨다며 울고 온다. 한두 번이 아니라 갈 때마다 주먹으로 눈물을 훔치니 모두가 이산가족이 만났다 헤어지는 것처럼 눈물바다가 된다고 한다. 돌아와서도 그 얘기를 할 때는 눈물을 글썽이니 남자애가 저럴 수 있을까 싶지만 제 부모를 닮은 감성을 감출 수 없고 내리 효자인 것이다.

빠르게 스쳐 지나가는 시간을 잡고 몸부림치다 지쳤나보다. 한 해의 끝 자락에서 대단한 감기가 두 번씩이나 연거푸 침입한다. 위가 안 좋아 약을 못 먹어 주사 한 번씩 맞고 눈물 콧물 주체 못 한다. 사위가 끓여 온 생강차가 유일한 감기치료제다. 사위는 태어나서 제일 잘 한 일이 결혼을 한 것이라는 말로 가족을 행복하게 해준다. 솔로몬이 '이 또한 곧 지나가리라'고 전해준 지혜의 말을 안다. 힘든 일은 오래도록 마음에 새기지 않고 고난은 신이 보내준 선물이며 고난이 클수록 선물도 크다는 믿음이 있다. 내면의 아름다움에다 말과 행동으로 특별한 정성의 진정성을 올려 담는다.

## 분신 2

들녘에는 심어놓은 벼가 짙푸르다. 따끈한 햇살에 팔팔 뛰는 십대처럼 생기를 분출한다. 네 개의 면面이 접해있으며 전국에서 세 번째로 큰 논산 탑정저수지는 우주를 품어안듯 흐르는 물을 모두 모아 들인다. 그 물은 농사 때를 맞춰 알맞게 내려보내고 있어 농부들에게는 위안이 되고 바다가 없는 지역이라서 우리는 어렸을 적부터 끝이 안 보이는 이 커다란 저수지를 보며 고래가 춤추는 깊은 바다를 연상하기도 했다. 오가며 추억의 발걸음이 쌓인 곳, 여기서 오십 년만에 나의 분신인 자식 같은 제자들과의 만남이 이루어지는 날이다.

선생님을 모시고 모임을 갖겠다고 하던 제자들. 날짜를 알려준 날부터 밥 수저가 공중으로 부웅 뜨고 밥이 어떻게 넘어 가는지 알 수 없었다. 어릴 때 꼬까옷 사놓고 명절을 기다리는 어린아이처럼 하루하루 기다린다. 잠자려다 혼자 실실 웃기도 한다. 육십 대 중반의 제자들은 저희들도 머리가 하얗게 되었다고 했지. 반가운 마음이 앞서고 그런 제자들을 만나서 얘들아 하고 반말을 할 것인가 생각하니 절로 웃음이 나온다. 시골서 모임을 주선하는 J군은 선생님 같은 여자와 결혼하고 싶었다고 해서 추억이 꼬리연 되어 춤추며 신나게 하늘로 올라가는 것 같아 한바탕 웃었다. 그래 나도 문학을 좋아하고 눈이 빛나는 J군 같은 사람이 좋았었으니까.

쏘아보지도 못하고 쏜살같이 달아나던 세월. 그런 한 달여의 시간이 너무 지루했던 것은 빨리 만나고 싶은 그리움이 엉덩이를 들썩여 안절부절이었기 때문이다. 소식을 들은 논산 조카들이 전야제를 해야 한다며 하루 전에 내려오라고 한다. 논산에서 자는데 잠이 올 리 없다. 남편은 며칠 전부터 제자들 앞에 허리가 구부정하면 되겠느냐며 일도 하지말라고 했었다. 늙은 얼굴이 되면 제자들이 실망할 테니 많이 자라고 한다. 그런 것은 뒷전이고 서울과 대전에서는 누가 오고 몇 시에 도착 할까 알아볼 수 있는 아이들은 있을까 이런 저런 생각에 뜬 눈이다. 한 시간 눈을 부치고 난 후 새벽 다섯 시 반이다. 또렷해지는 내 정신처럼 날이 밝아온다. 밝은 태양에 안길 우리는 모두 하나의 분신으로 웃음꽃이 되겠지.

만날 시간 여유가 있다. 저수지 이곳저곳 수문과 낚시 터 등을 돌아본다. 옛날과 마찬가지로 빛나는 모래알, 그 속에 콕콕 박힌 추억이 눈부시다. 만날 장소로 발길을 옮긴다. 아직 전달하지 못한 제자들에게 줄 책 몇 권을 내려놓고 시간을 잘 보내라며 남편은 어디론지 떠난다. 저 아래 오십 미터쯤에서 제자로 보이는 사람들이 오고 있다. 첫사랑의 연인을 만나듯 마음이 설레인다. 언제쯤 도착하게 되느냐는 J군의 연락이지만 내가 제자들을 맞이한다. 이름을 확인한 후 하나하나 얼싸안는다. 같이 근무하던 여자 선생님 한 분도 제자들과 오신다. 어디서 보면 전혀 몰라보고 스칠 얼굴들이다. 서울에서 오는 제자들은 대녀와 몇 명은 알아 볼 수 있었다. 왁자지껄하며 선생님은 그대로라고 한다. 아마 책에서 사진을 보아서가 아닐까 싶다.

땅바닥에 엎드려 큰절을 하는 제자도 있다. 학교 다닐 때와는 전혀 다른 모습으로 키가 구척 같다. 선생님과 제자 할 것 없이 이름은 모두가 할머니 할아버지다. 손자를 두었지만 이 시간 마음은 개구쟁이 손자들과 같다. 모두가 열다섯 명이 모여 앉았다. 이야기꽃이 핀다. 한 해 선배인 K군은 H양은 연애를 잘 해서 자기가 싫어했다며 흥을 늘어 벌이는 바람에 배꼽을 잡는다. 본인이 바로 앞에 마주 앉아 있는데 몰라보고 하는 말이기도 하려니와 자신이 그녀를 좋아해서 하는 말인 것을 눈치 챘기 때문이다. H는 시치미 떼고 선배는 그 애가 연애하는 걸 어떻게 아느냐 그 애를 얼마나 좋아 했으면 그렇게 잘 아느냐고 묻는 바람에 뒤집어지게 웃는다.

엄하기가 동지 섣달 칼바람 보다 도 더하던 시절. 눈길 한 번만 주고 편지 한 번 하면 연애한다고 소문나 정학이니 퇴학을 운운하던 때를 이야기하며 즐거워한다. 실은 인기가 있어 입에 오르내리는 경우도 많았다. H는 현재 목사님이고 또 동기생인 남편이 목회자인 사모도 있었다. 모두가 열심히 살고 있어 존경스럽고 사랑스러운 제자들과 시간 가는 줄 모른다. 어려운 시절을 살아 나와서 나라 걱정도 크다. 기념사진을 찍고 탑정리 전쟁기념관을 둘러보며 백제 역사에 대해 공부한다. 우리는 잠시 흩어졌다 다시 모인 백제의 분신이구나 하는 생각이 든다. 그동안 고향도 많이 발전했고 그 가운데 제자들이 우뚝 서 있음을 본다.

해 지는 줄 모르고 저녁식사까지 한다. 헤어짐을 아쉬워하며 내년 6월 세 번째 주 토요일에 만날 것을 미리 약속으로 잡아 놓는다. 선생님들 덕분에 잘 살고 있다는 제자들. 선생님을 닮은 삶을 살고 싶었다며 걸음걸이 하나도 가르쳐 준 대로 걷고 있다고 한다. 스승을 하늘같이 알고 섬기는 그들은 친구와의 의리는 물론 누구와의 만남도 소중히 여기는 원칙이 가슴속에 살아 숨 쉰다. 탑정리 저수지가 역사를 안고 푸르게 일렁이듯 손에 손 잡은 제자들과 하나 되어 지구를 떠난다 해도 영혼으로라도 다시 이 자리에 서도록 기도드린다.

남편에게 미안한 생각이 든다. 고래를 타고 한 바퀴 돌아 나온 탑정저수지가 고개를 숙이고 졸음을 느끼지만 제자들은 자리에서 일어날 기미가 안 보인다. 슬그머니 택시를 부르려하자 무슨 말씀이냐며 P군이 남편이 있는 관측사 까지 태워다 준다. 그의 학창시절이 매우 힘들고 고통스러웠다는 이야기는 뜻밖이었다. 눈물 없이 들을 수 없던 그 말은 많은 것을 반성하게 했다. 깊은 상처를 끌어안아 더욱 분신으로 여기게 되었다. 하루 종일 지루했을 남편에게 제자들이 전해 준 선물을 몽땅 전하며 미안하다고 사과한다. 늦도록 기다려준 남편의 마음이 탑정 저수지보다 넓게 느껴지고 덕분에 제자들이 나의 분신임을 확인하는 시계는 거꾸로 돌아가고 있었다.

# 흔들림

흔들리는 것은 아름답다. 들길에 심어 끝없이 줄지어 흔들리는 코스모스는 순연한 아름다움을 지녔다. 논에는 벼가 흔들린다. 삽을 들고 논두렁을 지나는 농부의 앞에 누렇게 익어가는 벼가 겸손과 감사를 표한다. 농부의 마음이 감동으로 흔들린다. 물이 잦아진 수로에는 가을 햇살에 눈부신 백로들이 짝을 지어 거닌다. 고기를 잡았을 때 머리를 흔들기도 한다. 흔들림의 의미는 깊고 오묘하다. 살아 있다는 생명의 의미이며 앞으로 나가려는 진취적인 목적이 담겨 있음이기에.

아기가 엄마의 뱃속에 잉태된다. 하나의 새로운 흔들림의 시작이다. 아기는 모성이라는 고귀하고 위대한 그릇에 담긴다. 열 달 동안 엄마의 이야기를 귀로 듣고 엄마의 마음을 마음으로 보며 영적인 나눔을 하는 것도 흔들림 아니겠는가. 아이를 임신하고 열 달 내내 먹지 못했다. 이삼 개월 지나 십킬로 그램 이상씩 줄어 앉아 있기 힘들었다. 다른 사람이 물 먹는 것만 보아도 속이 울렁거리고 구토되어 온 몸이 뒤틀리고 흔들거렸다. 어떤 사람은 열 달 동안 병원에 입원했다 아기를 낳기도 한다는 말을 듣고 위로를 받았다. 해산만하면 살 것 같았다. 홀가분해 마음대로 흔들고 날아갈 것이라 생각했다. 어른들은 뱃속에서 상전 나온다고 했다. 아기가 뱃속에 있을 때가 편하다는 얘기를 이해 할 수 없었다.

정작 흔들림은 해산때부터 시작되었다. 죽을 만큼 아파야 아기가 나오니 말이다. 그 순간은 몸부림이나 흔들림으로 표현할 수 없는 그 이상의 것이리라. 오죽하면 배 아파서 낳은 자식이란 말이 있을까. 아팠던 만큼 소중한 자식이 아니던가. 추운 겨울 김장을 하다말고 배가 아파 병원을 갔다. 의사는 아기 낳으러 온 사람이 왜 배가 부르지 않느냐고 물었다. 그래도 3.2킬로그램의 건강한 아이를 낳았다. 아기의 깜빡이는 눈, 배 안의 짓인 잠결의 웃음, 쌕쌕거리는 숨결까지 흔들리는 것 모두 신비스럽고 그렇게 아름다울 줄이야.

아기가 봄 햇살에 흔들린다. 엄마 뱃속에서 태어난 아기가 자라듯 혹독한 추위를 견디어 낸 봄이, 흙을 떠들고 나오는 식물들이 아기 손 같다. 노랗게 구부러져있어 앙증맞다. 아기가 손을 펴고 짝짝 궁, 잼 잼, 빠이빠이 하고 흔들 때처럼 식물도 날마다 자라는 흔들림인 것이다. 흔들림은 살아 있음을 말해준다. 살아 있는 것은 꿈을 이루기 위해 끊임없이 도전한다. 도전은 긍정의 힘이다. 불가능은 없다. 어떠한 경우에도 긍정의 힘을 끌어내 목표를 달성하려한다. 그것 또한 흔들림의 아름다움 아니던가.

흔들림은 위대하다. 이 가난하던 나라에 산업의 기적이라는 흔들림이 없었다면 오늘이 있을 수 있었을까 생각해보지 않을 수 없다. 빌어먹는 국민을 위해 미국, 독일 등지로 다니며 손을 벌리던 앵벌이 같던 대통령을 생각해 본다. 굴욕적인 역사의 늪에서 벗어나 잘 살아 보자고 밤잠을 안자고 고심했다. 국가를 위해 헌신함에 국민은 한마음으로 피땀 흘려 이루어 낸 지금의 결과를 세계는 부러워한다. 이러한 거대한 흔들림이 전무후무前無後無하기에 우리보다 잘 살던 베트남 필리핀 등 여러 나라들이 그 흔들림을 보고 배우러 온다.

흔들림에 대한 자부심을 갖는다. 생명을 사랑하는 것은 자신에서부터 비롯되어야 하지 않을까. 그래야 너를 사랑하게 되고 가족을 사랑하며 이 웃을, 민족을 사랑하는 사람이 되는 것이다. 역사를 진정 사랑하는 흔들림으로 가득한 나라. 금수강산 삼천리 방방곡곡이 아름다움으로 흔들리게 하는 민족. 거대한 힘으로 잠자는 영혼을 흔들어 세계가 함께 잘 살게 하는 나라. 아름다운 흔들림은 부메랑으로 돌아온다. 흔들림은 탄생의 의미이다. 새 생명들에게 희망을 안겨 주자. 행복지수 세계 제일인 대한민국을 내 손자에게 물려주자. 생각 할수록 뜨거운 것이 눈에서부터 온 마음을 흔든다.

# 한숨

해바라기 남쪽을 바라보듯
한낮의 햇볕 같은 시간
가슴을 다독이며
한숨은 눈물의 허리를 껴안고
달래기 얼마였나

주저리 열린 조롱박의
빨간 석류알처럼 가지런한 잇몸
조잘거릴 때
한숨은 눈물을 닦아
지나는 뒤안으로 던져버리고
발뒤꿈치 들어올려

끝내는 아무 일도 없었다는 듯
저무는 노을에 손을 씻는다

# 오늘의 기도

원시림처럼
녹음 짙푸르던 날
칠월 초하루
엄마의 태중에서 호랑이던
김민기 비오

밀림을 가르며 우렁차게 솟아오른
그 심성은 꿀맛처럼 달콤해
떼 지어 다가오는 친구들
벌 떼처럼 몰려드는데
남김없이 다 퍼주고도 모자란 듯

김민기가 있는 반은 착한 반이라던
중학교 때의 선생님들 말씀같이
꿀 팁인 웃음 폭포처럼 쏟아주고
봄 햇살의 따스함으로 끌어안아
행복이 열매 맺게 꿈을 향해 뛰었다

고교 삼년 함께 갈 형제로 손 잡은 친구들

호랑이 포효咆哮하는 기상으로
모교를 빛내자
함께 달리자

창공을 가르는 불꽃처럼 힘찬 기도 올린다

2018년 3월
　사랑하는 맏손자
　민기의 고교입학을 축하하며
　할머니 이순애

# 김옥남

내면의 아픔을 숨긴 채 떨어져 뒹구는 낙엽
다음 생을 위해 다 내려놓고 수줍은 얼굴로
마지막 약속을 한다
또다시 고운 빛깔로 만나자고-

## 시

어느 봄날 | 유리창 | 짝사랑
추억이 머무는 시간 | 낙동강 1

## PROFILE

경북 안동 출생. 『문파』 시 부분 신인상 당선 등단. 한국문인협회 회원-저작권옹호위
원. 문파문학인협회 이사. 한국문인협회 용인지부 사무차장. 시계문학회 회원.
공저: 『가을 햇살 폭포처럼 쏟아지는데』 외 다수. 『문파문학 대표 시선』 외 다수.
수상: 용인시공로상

# 어느 봄날

금방 쓰러질 것만 같은 가녀린 몸
눈길 머물지 않는 담장 밑
생명의 입김 모아
척박한 땅 옥죄임에도
굳건히 살아주었구나
주저앉히려 소리치는 거친 바람
이리저리 흔들리며
용케도 잘 커 주었구나

햇살의 간지럼
설렘,
아기볼 같은 연분홍 빛깔
맑은 햇살 머금고
미소 짓게 하는
한 송이 이름 모를
자갈밭 속에 굳건히 피어있다

땅속 깊은 곳
핏줄 요동을 친다

# 유리창

사선으로 떨어지는 눈물
부서지지 않는 물방울이 되자는 외침

하얗게 질려 어찌할 줄 모르는
유리창,

회한의 손짓
갈피 잡지 못하고 흔들리고 있다

방울방울 맺힌 가온누리*
여전히 유리창에 꽂히고 있다

*가온누리: 어떠한 일이 있어도 세상의 중심이 되어 라는 순우리말

## 짝사랑

고즈넉한 돌담길 능소화 꽃 피었다
꽃잎에 내려앉은 뜨거운 눈빛
벌겋게 익고 있다

행여 지나칠까 충혈된 눈
그대, 기다린다

꽃가루 바람에 날려
그대 눈 속 깊이 스며
오롯이 내 곁에 두고 싶다


## 추억이 머무는 시간

하늘은 목화솜 공장
몽실몽실
사그락사그락 쌓인다

새 우유로 만든 눈꽃빙수
온 세상에 가득하다
오늘, 추억을 먹는다

뽀얀 아기살결 같은 눈 위에
선명한 발자국 찍기
눈싸움에 빠알갛게 되어버린 손으로
눈덩이 굴려 만든 눈사람
나뭇가지로 눈썹 만들고
낙엽 주워 입술 만들어 붙이며
깔깔대며 웃었지

다시, 눈이 내린다

눈이 오면
눈은 눈眼으로만 보는 것
아련한 추억이 머무는 시간

# 낙동강 1

그 옛날, 뜨거운 모래밭
큰 돌 세워 아궁이 만들고
찌그러진 양은 냄비 하나 걸어 불 지피어
꺾지, 메기, 붕어, 송사리
몽땅 집어넣고 아궁이에 부채질 한다
밀가루수제비 뜯어 넣고
강둑 옆 할머니 텃밭에서 서리한 애호박, 감자
숭숭 썰어 매운탕을 끓인다
한여름 해거름
특별한 우리들의 만찬
땀 흘리며 한 사발씩 배불리 먹었다
강물에 풍덩-
성능 좋은 에어컨인들
그 시원함을 당할 수 있을까

연일 숨쉬기조차 힘들게 하는
폭염의 행진-
낙동강 시원한 물줄기가 그립다

# 박진호

임사체험을 상상하며 진솔했으면…

## 시

깨달음 | 데칼코마니 | 무엇일까

점점 | 오피니오 베헤멘스

## PROFILE

서울 명륜동 출생. 『문파』 시 부문 신인상 당선 등단. 시계문학회 회원. 문파문인협회 회원. 한국문인협회 회원. 동국문학회원. 한국가톨릭문인회 간사. 국제펜클럽 한국본부 회원

## 깨달음覺

혼돈에서 깨어나는
구도의 초점을 잡는

언제나 그대로인
일생의 초점

영혼에 투사된 그림
완성되는 그림엽서

심판 뒤의 초대장
선명한 엽서

# 데칼코마니

거울 앞에 서 있는
아이의 당황스러운 관심

두레박 올리는 아낙의
우물에 비친 반영

눈 감고 그려보는 하루의 일과
떠오르는 느낌과의 대화

접힌 색종이 안의 물감의 퍼짐 같은
내면에서 들려오는 종소리

## 무엇일까

평안하지요 말 뒤의 서늘함인가
물 위의 오리 정지동작이어도
물 아래 오리발은 죽을 맛인데

슬며시 오고 가는 힘겨루기는
사실이어도 그림자 같은
치고 빠지는 말 못 할 사연

기뻐도 슬퍼도 멍해도
그 바람 같은 마법에 홀려
한 세월 흘려보내는

한 생에 세 번은 깨달아야 하는
숙제처럼 이고 지고
숨 막히는 깔딱 고개 넘는

# 점점

사막에서 길을 잃어도
낙타의 본능을 따라
오아시스 찾듯

고난 속의 희망을 담아
나누는 대화
그는 내 안의 느낌

누구를 위한
누구에게 갈구하는
누구를 확인하는

햇살 속의 먼지처럼 드러나는
쌓여 온
삶의 흔적

## 오피니오 베헤멘스 Opinio vehemens

주님 만나는 시간
우리 함께한 추억
따뜻한 물 한 잔의 봉헌
눈물 씻어준 믿음의 기도
은총

주님 깨끗한 마음 주시어
굳건한 영으로 새롭게
당신 사랑 안에 머물도록
뽑아 세우시고
마음 안에 계신

주님 앞에 무릎 꿇고
주님에게서 이름을 받습니다
내적 인간으로 영원한
나라로 들어가
주님께 영광

# 김복순

시는 속내를 열 수 있는 친구
위로가 되어주며 추억을 되새김하며
자연의 소중함과 감사가 채워진다

## 시

가까이 가고 싶은데 | 검둥구름 | 회초리

지게 | 맵콤 달콤 새콤

## PROFILE

강원도 원주 출생 『문파』 시 부분 신인상 수상 당선 등단. 문파문인협회 회원. 시계문
학회 회원. 공저: 『가을 햇살 폭포처럼 쏟아지는데』 외 다수

# 가까이 가고 싶은데

자꾸 멀어 지려고만 하네

닫혀 있다고

이젠 아닌데

외로운 길 가지 않으려
기다리고 있는데
몰라서일까

초가을 바람이 돌아서고 있네

커피향을 피우며
내가
먼저 열어 볼까

그럼
맺힌 매듭 풀어질까

# 검둥구름

비를 싣고 오네

안개꽃 마중 나가네

하늘이 열리고

무지개가 뜨네

구름 속
햇님도 고개 내밀고
바람은
가을을 몰고 오네

밤송이는 맞을 준비하네

# 회초리

빨강 파랑

줄무늬 놓고
돌아서면

왜 그랬을까

아파
눈물 자국 마르기 전

흐느끼며
잠이 드는 아이

쓰다듬으며

눈물샘이 일렁인다

# 지게

꼴 한 짐

담배 한 짐

볏단 한 짐

나무 한 짐

철 따라 무거운 짐
나르던 어깨

거북이 등 되었네

# 매콤 달콤 새콤

겨울 나들이

추위에
빨갛게 달아오른 양 볼

따뜻한 우묵 국물
김 오름 스치며 장미꽃이 피었네

냉가슴 포근해 지네

레몬향은 윙크를 날리네

# 손거울

## (손계율)

창밖에 어른거리는 나목을 바라보며 모두 날아가 버린 잎새
중에 뜬금없이 아직 남아있는 철 잊은 한 잎이 눈에 띄네

내일을 알 수 없는 운명이지만 오늘 거기에 얌전히 붙어 있
다. 이 밤도 무사할까 마음 졸이며 아침의 밝은 햇살에 웃고
있다.

**수필**

비무장지대 걷기를 다녀와서 | 긍정 그리고 해명

디딤돌과 걸림돌

## PROFILE

경북 경산 출생. 『문파』 수필부분 신인상 당선 등단. 대경대 교수. 한양대 겸임교수. 역
임. 한국문인협회 용인지부 회원. 문파문인협회 운영이사 시계문학회 회장 역임. 숲
해설가. 저서: 수필집 『울 엄마 치마끈』 공저: 『가을 햇살 폭포처럼 쏟아지는데』 외 다
수. 수상: 제3회 시계문학상

# 비무장지대 걷기를 다녀와서

가까운 후배의 후원으로 휴전선 비무장지대 평화의 길을 걸었다. 서울에서 한 시간 남짓 거리에 위치한 휴전선 철책을 따라 걷는 행사다. 조국의 땅이지만 분단의 슬픈 역사 속에서 갈라져 오랫동안 살아 왔기에 마치 이국 땅같이 되어버린 그 땅을 만나는 설렘으로 처음부터 긴장이다. 군 생활을 이곳에서 멀지 않은 곳에서 한동안 근무했지만 가까이에서 만날 수는 없었던 휴전선, 오늘은 그 바로 철책 옆으로 걸어보는 기회 참으로 기대된다.

며칠 동안 억수같이 오던 비가 활짝 개인 날씨다. 금방 가을이 열린 듯 푸른 하늘에는 뭉게구름이 두둥실 북으로 향한다. 파주 임진강가에 준비된 평화를 기원하며 건립된 카톨릭 성당 부속 건물에서 숙소를 배정 받았다. 먼저 휴대폰과 모든 통신기기와 카메라 등은 여러 가지 문제로 주체 측에 보관하고 뭔가 초긴장 분위기다. 그렇게 붙어 다니던 전화기가 없으니 시원섭섭하다. 2박 3일간의 여행 중 첫날 휴전선 근방에 유적지 탐방을 나섰다. 가는 곳마다 잘 정리되어 있고 평소 몰랐던 유적을 살펴보았다. 걷기엔 더운 날씨인데도 100여 명이 조를 편성하여 첫날 근 20km를 걸었다.

나보다 더 나이가 많은 분은 단 한 분뿐이다. 평소에 걷는 습관이 어느 정도 단련된 나로서도 좀 지쳤다. 폭우로 끊어진 길로 인하여 시간이 지체되어 해 질 무렵까지 걸었다. 비무장지대 거친 길을 일 열로 전원 묵주를 들고 걷는 모습이 장엄하다. 난 아예 묵주가 없어 서먹하지만 부러웠다. 산봉우리를 올라갈 때마다 북녘을 바라보며 철조망 너머 낯선 땅에 대하여 안내원은 열심히 설명했지만 잘 이해되지 않는다. 철책이 촘촘히 설치된 철조망 구멍 사이로 내다본 저 너머 그곳은 적막이다. 우리는 걷고 즐기지만 그쪽은 총구멍을 이쪽으로 향하여 겨누고 있지 않을까 생각하니 소름이 끼친다. 멀리 보이는 자주색 야생 도라지꽃은 이쪽이나 저쪽이 다르지 않다만 70년이란 세월 속에서 자연을 보는 사람의 눈은 너무 다른 것 같다.

철책 가까이에 있는 전쟁 유적지를 돌아보았다. 그중 가장 먼저 가슴에 남는 것은 콩밭 사이에 위치한 유엔군 화장터이다. 길도 없는 곳에 이름도 듣지 못한 유엔군 화장터 자리, 화장터의 특징인 전쟁 중 어설프게 자연석을 시멘트로 발라 쌓아 올린 굴뚝 하나만이 덩그러니 서 있다. 전쟁으로 유엔군 5만 명 이상 산화한 꽃 같은 청춘들이 이름 모를 나라에 와서 피 흘렸고 그중 일부가 산화한 현장이다. 수만리 타국 땅에 서러진 전우를 그냥 버리고 갈 수 없어 한 봉지 뼛가루라도 부모님 품에 안겨주고자 애쓴 동료의 인간애가 가슴을 아려온다. 아직도 검은 흙이 발아래 깔려있다. 깜짝 놀라 밭으로 비켜나 보았다. 그 흙속에 우리의 자유를 위해 목숨 바친 젊은이의 순결한 살점이 놓여 있지 않을까 생각하니 숙연해 진다. 묵염으로 그들을 위로하고 돌아서는데 그들의 뼛가루를 받아 묻던 부모님 생각에 미치자 마음이 아프다. 자유, 그 소중한 가치를. 우리가 기억하고 가꾸어 나가야 할 유적지이다.

마지막 코스로 적군 묘지 참배다. 처음 듣는 적군묘지 참배행사 앞에 서 있다. 수녀 한 분이 흰 국화꽃을 한 아름 안고 나누어 주고 있다. 이 꽃을 받아 인민군 묘지에 참배하는 것은 마음에 내키지 않았다. 나라와 나를 위해 귀한 목숨을 바친 용사들이 잠들어 있는 동작동 국립묘지도 참배 못 한지 몇 해던가? 나를 향하여 총을 겨누었고 모르긴 해도 얼마나 많은 우리 국민이 이들의 손에 희생 되었는지는 모르는 일이다. 인간적인 측면에서 고혼을 위로해 주고 싶다. 그러나 가까운 시일 내에 국립묘지를 참배하고 난 후 다시 와 참배하겠다고 주최 측에 양해를 구하고 그냥 수백기가 정리되어 있는 묘소를 돌아보았다. 이름은 없고 전사한 전투 지역 이름만 쓰여 있었다. 대회에 참가한 어린이 20여 명에게 국화꽃을 주면서 참배토록 한 것에 대해 의아하다. 이들은 백지장 같은 순진한 마음에 아군과 적군의 개념을 모르는 어린이에게 여기부터 참배한다면 그들의 판단이 혼돈하지 않을까 걱정이다. 나는 즉석에서 주최 측에 제안했다. 사전에 전사한 우리 장병들에 대한 묵념부터 하고 참배하지고 제안했으나 반응이 없다.

적군 묘지 중 북한인민군 묘지와 중공인민해방군으로 전사자의 묘지도 함께 설치해 두었는데 한중수교 후 찾아온 중국정부에서 얼마 전 모두 수습해 가져갔고 이제는 빈터만 남아있다. 그러나 북한은 고위층이 서울까지 뻔질나게 왔다 갔지만 아무도 관심이 없다고 하니 묘소에 묻혀 있는 그들은 누구인지 모를 일이다. 그들이 죽은 지역을 살펴보니 사변 중 마지막 치열한 전선이었던 낙동강 전투에서 죽은 사람도 있었다. 적화통일을 눈앞에 두고 마지막 총공격 명령을 받고 손바닥만 하게 남은 땅, 내가 살던 대구를 향하여 총을 겨누던 저들도 누워있다. 책보를 메고 학교 가는 나를 안고 '무슨 일이 있걸랑 엄마 찾지 말고 남쪽으로만 가거레이' 하며 내 볼에 눈물이 떨어지는 순간을 생생히 기억한다. 그날 국군 총사령관 백선엽 장군은 "내가 물러서면 나를 쏴라"고 외치며 권총을 빼들고 포탄 앞으로 뛰어 나갔던 곳 왜관 근처 다부동 지명이 눈에 띈다. 최근 우방은 북쪽에서 수습한 자국의 전사자 시신을 전용기를 보내어 모셔오게 했고 대통령이 밤잠을 자지 않고 공항까지 가서 거수경례로 영접하는 모습이 눈앞에 클로즈업 되어 다시 적군 묘소를 뒤돌아본다. 무심한 잠자리 떼만 오가고 있다.

이번 대회의 주제는 평화와 화해다. 동족과 '과거를 화해하고 평화를 누리자'는 것이다. 이 주제에 대해 반대할 사람은 없다. 다만 화해 방법이다. 잘못한 쪽이 잘못을 시인하는 것부터가 순서다. 6·25 남침 등으로 동족이 수백만 명이 무참히 희생되었다. 그런데도 잘못에 대한 말 한 마디 없이 화해한다면 진정한 화해가 되겠는가? 평화도 문제가 있다. 어떤 평화가 우리가 바라는 평화냐이다. 많은 이들이 평화를 외치고 있지만 자유 없는 평화는 거짓이다. 이번 비무장지대를 거닐며 바라본 북녘은 조용하다. 사람이 보이지 않는다. 억압된 평화다. 그것이 우리가 바라는 평화는 결코 아니다. 자유 없는 평화는 거짓이다. 평화를 외치기 전 자유가 있는지 우리는 살펴야 한다. 철조망은 세월 따라 말 없이 녹슬고 있다.

## 긍정 그리고 해명(Yes, but)

사람은 관계로 형성되어 있다. 한자에 사람을 뜻하는 '人' 자를 보면 막대기 하나가 다른 막대기에 의지하여 서게 되어있다는 것은 다 아는 사실이다. 관계를 떠나서는 인생은 없다. 그래서 마르틴 부버는 일찍이 '인생은 나와 너의 만남'이라고 갈파한다. 만남은 곧 대화로 형성되고 이를 유지하여 살고, 관계가 지속되면 반드시 나와 너라는 관계상 문제가 발생하게 되어있다. 우리는 관계를 원만하게 유지하고 충돌을 피하기 위하여 남을 먼저 인정하고 난 후 자신의 입장을 해명해야 하는 순서를 지켜야 한다. 우리는 누구보다도 자기주장이 너무 강하여 작은 일이 크게 확대 재생산되어 파국으로 이르는 도화선이 되는 일이 가정사부터 시작하여 사회 전반적으로 뿌리 깊게 자리잡고 있다. 대화 기술이 앞선 서양에서는 "Yes, but"이란 짧은 말이 대화의 모델로 정착된 지 오래다.

오래전 후배 한 사람은 결혼하여 남들이 보기에는 부러운 결혼식을 올리고 제주도로 신혼여행을 떠났다. 양가와 친구들의 축하전송을 받으며 행복한 여행이었는데 며칠 후 돌아올 때는 서로 따로 돌아왔다고 한다. 그들의 결혼이란 인생의 가장 중요한 만남이 서로 이해하는 요령 부족으로 비극적인 마지막을 장식하고 말았다. 신혼여행 중 사소한 양가 혼수 문제로 서로가 상대를 인정하지 않고 자기주장만 내세우다가 크게 부닥쳐서 누가먼저인지 알 수 없으나 '우리 그만두자' 한 마디에 이것이 성냥불이 되어 마른 갈대밭에 불을 지른 듯 둘의 사랑과 꿈 그리고 소망이 일순간에 검게 타버렸다. 이들이 만일 상대를 먼저 인정하고 상대의 말을 잘 듣고 난 후 해명을 했다면 이런 대형 사고는 없었을 것이다. 매우 안타까운 일이다. 'Yes, but'이 없었기 때문일 것이다.

지난주에는 전철을 타고 서울을 다녀왔다. 인사동에서 사람들을 만나고 돌아오는 길에 좌석버스를 기다리는데 한참 기다렸지만 오지 않는다. 버스 회사에다 전화를 했다. "기다려도 버스가 오지 않으니 웬일이냐" 물었다. 버스 회사의 대답은 예상 밖으로 친절하다. 회사 담당은 "먼저 죄송하다"고 말한 뒤 "토요일 오후는 광화문 쪽 공식적인 시위가 있어 버스 출입이 중단되었다"고 한다. 자기들의 문제가 아니면서도 불편을 드려 죄송하다는 말을 잊지 않았다. 다른 교통을 이용하느라 많은 불편을 느꼈지마는 버스 회사 담당의 친절한 한마디 해명에 마음이 편했다. 상대를 인정하는 자세가 돋보인다. 'Yes, but'의 개념이 잘 정리된 대화였다.

좌석버스가 서울 시내 중심에 들어오지 않는다는 말을 듣고 분당선 출발역인 왕십리역에서 노약자 보호석에서 앉았다. 피곤하여 졸다 눈을 뜨니 서현역이다. 내가 앉아있는 자리 앞에 서있는 아주 피곤해 보이는 할머니가 보인다. 아무도 양보할 기색이 없음을 눈치챘는지 문 쪽으로 가서 손잡이에 기댄다. 오래 앉아 온 나는 양보하고 싶은 생각이 들었다. "할머니 이리 앉으시지요". 하고 일어서는데 피곤한 얼굴에 미소 띤 얼굴로 반색하며 앉는다. 목마른 자에게 냉수 한 그릇을 드리는 마음처럼 작은 일에 뿌듯하다. 그러나 세상만물이 서로 다르다. 하물며 사람은 자기 관점에 따라 아주 다르게 사물을 판단한다.

좋은 일 한다고 했는데 그 보람도 잠간이다. 내 자석 앞에 검은 마스크를 하고 서있던 상당히 건장한 노인이 혼자 말처럼 "기본이 안 돼있다"고 중얼거린다. 나보고 하는 것 같아 기분이 나쁘지만 참고 "아 그렇습니까?" 하고 응수하며 나는 쓰고 있던 모자를 벗어 대머리를 보였다. 내 나이가 그렇게 기본이 안 된 철없는 사람은 아니라는 것을 보여 주고 싶다. 그 남성은 목에 힘을 주며 "누구나 앉든 자리에 일어나면 가까이 서 있는 사람이 앉는 것이 순리인데 전세 낸 자리도 아닌데 마음대로 누구를 지목하여 앉게 하느냐"고 한다. 나는 의의가 없었다. 그러나 조용히 말했다. "사실 나는 한참 더 가야하지만 나보다 더 피곤해 보이는 노인에게 양보 했는데 그게 기본이 안됐다고 하시면 너무 심하신 것 아닙니까?" 그러자 그는 약간 당황한 듯 앉아있는 할머니에게 어디까지 가느냐고 물었다. 노인이 천

안까지 간다고 대답한다. 또 나에게도 묻기에 기흥역까지 라고 했다. 사정과 형편을 파악한 그는 본인이 잘못된 판단인 것을 알았는지 말문을 닫았다. 그는 나보다 먼저 구성역에서 고개를 숙이고 내렸다. 아슬아슬하게 충돌을 피한 것은 먼저 상대에게 말 할 수 있는 기회를 주었기 때문이라 믿는다.

인간관계에서 서로 관계 속에서 만나 이야기 하는 것을 대화라 한다. 대화 속에서 서로 위로도 받고 상처도 받게 마련이다. 인간은 모든 것을 단절하고 숨어 살면 상처를 주고받지 않고 살 수 있을 것이다. 그러나 누구를 진심으로 만나게 되면 마음에 사랑과 상처를 입게 마련이다. 나와 네가 만나 소통하게 되면 교제라 한다. 원활한 만남을 위해서는 상대를 존중하는 마음이 전제되어야 한다. 존중은 상대의 말을 잘 들어주는 아량이 필요하다. 다 듣고 난 뒤 자신의 입장과 처지를 해명하는 기다림이 절실하다 하겠다. 어떤 경우에도 너의 말에 Yes 긍정하고 난 다음 나의 해명 but으로 연결, 나의 입장을 해명한다면 나와 너의 관계가 원활히 이루어져 진정 질서 있고 평화로운 세상이 될 것이다. 특히 우리들에게 'Yes, but'이 절실하다고 확신한다.

# 디딤돌과 걸림돌

　　사람은 누구나 서로 영향을 끼치고 산다. 그 영향이 남에게 좋은 영향을 끼쳐 타인에게 희망을 주는 긍정적인 것과 반대로 부정적인 영향을 줄 수도 있다. 나의 모난 마음의 각을 부드럽게 하여 나의 말과 행동으로 인하여 다른 사람에게 긍정적인 영향을 끼치도록 노력해야 할 것이다. 우리나라 어느 통계에 보면 청소년들이 일상에서 주위의 다른 사람으로부터 하루에 긍정적인 말을 듣는 회수는 4번인데 비하여 좋지 않는 부정적인 말을 듣는 회수는 무려 20회라고 한다. 이렇게 보면 우리는 디딤돌보다 훨씬 많은 걸림돌의 험산준령을 넘어야하는 나그네라고 할 수 있다. 때로는 걸림돌도 용감한 사람은 디딤돌처럼 듣고 나아가는 경우도 허다하다. 디딤돌이나 걸림돌이 문제가 아니고 내게 닥친 모든 문제를 내 것으로 알고 뚫고 일어서는 용기가 필요하다.

　먼저 우리는 나 자신부터 돌아 봐야 할 것이다. 첫째 나의 생각이다. 내 생각은 아무도 간섭 받지 않는 내 영역이다. 그러나 내 생각이 나 자신과 다른 사람에게 디딤돌이 되고 있느냐 아니면 걸림돌이 되고 있느냐는 돌아볼 문제이다. 물론 나 자신이란 개념 정립이 문제 되겠지만 나는 내게 충실 했느냐는 깊이 생각해 보고 이제부터라도 바로 나와 타인에게 디딤돌이 되어야 겠다. 우리는 각자 운명의 능선을 따라 여기까지 왔다. 과거는 부도난 수표처럼 포기하고 남아 있는 시간만이라도 걸림돌이 있더라도 그 돌을 딛고 넘는 용기와 아량 절실하다. 내가 만나는 모든 사람들에게 디딤돌이 되어 나 자신과 남에게 긍정적인 영향을 안겨주는 뜻있는 삶이 되도록 해야겠다.

평소의 생활습관이다. 나의 생활습관의 잘못으로 자신에게 걸림돌이 되고 있는 경우가 많다. 그중에 가장 큰 걸림돌은 게으름이 아닐까 싶다. 누구나 서서있으면 앉고 싶고, 앉으면 눕고 싶다. 이것은 본능인지도 모른다. 우리는 정해진 시간 줄을 붙잡고 살고 있다. 가장 확실한 시간은 지금 바로 여기뿐이다. 한정된 삶 속에서 내일로 미루다 보면 실행할 수 없는 때가 올 것이다. 이는 나에게 생명을 주신 이가 주신 소명과 이 땅에 나를 사랑한 수많은 이들에게 명백한 걸림돌이 된다. 몸의 각 부위는 우리에게 소유된 도구라고 본다면 주어진 도구를 사용하는 각자가 잘못 사용하여 고장을 초래 한다면 그것은 누구에게도 전가할 수 없는 자기가 만든 걸림돌일 것이다. 기호품 또는 도박 등을 과도하게 애용하게 함으로 우리에게 주어진 인체 기능을 손상시킨다면 신중히 생각해봐야 할 것이다. 남이 나에게 주는 걸림돌보다 나 자신이 만들어 가는 걸림돌이 매우 크다 하겠다.

어느 종합 병원에서 아침마다 의사들이 주임교수를 대동하고 각 병실을 돌며 환자를 만나보는 회진 시간이 있다. 환자는 생사의 기로의 순간이다. 이때 의사와 간호사들의 말 한 마디가 환자에게 미치는 영향을 분석하였다. 긍정적인 말로 위로한 병동과 부정적인 말로 충고한 내용을 비교 분석해본 결과 치료 효과가 20% 이상의 차이가 났다고 한다. 긍정적인 말은 의사가 환자의 손을 잡고 "어제보다 훨씬 좋아 보입니다."라는 말과 "곧 퇴원해도 될 것 같습니다"라는 말을 들을 때 환자는 그 말이 엄청난 디딤돌이 되어 치료 효과가 훨씬 높았다고 한다.

몇 년 전 일이다. 내가 용인으로 이사 온 후 오랫동안 다니던 교회가 너무 멀어, 집 가까이 있는 교회에 출석하게 되었다. 상당한 기간이 지난 후

행사가 있어 옛 다니던 교회에 가게 되었다. 식장에서 안내를 맡은 젊은 교우가 나를 보고 "장로님 전에는 참 좋으셨는데 이제 폭삭 늙으셨네요." 했다. 인사인지 뭔지 모르지만 그 사람은 늙어서 안타깝다는 이야기인 것 같은데 듣기에 거북하다. 속으로 '참 싸가지가 없네' 하고 화장실에 가서 거울에 나를 요리조리 흔들어 보았다. 그 사건으로 그와의 거래는 끝이 나고 말았다. 지금 생각하면 그 젊은 사람의 말을 기분 나빠하기보다 "관심 가져주어 고맙네요" 하고 받아 넘겼다면 훨씬 어른다운 자세였을 것을. 가끔 거울 앞에 서면 그의 말은 걸림돌이 되어 내 마음에 남게 되었다. 악의 없는 말 한 마디에 수년간 걸림돌이 되고 있다면 그 사람보다 나 자신의 걸림돌이라 생각된다.

걸림돌을 딛고 일어서는 훌륭한 이들이 주위에도 많다. 그중에서 경영의 신이라는 별명을 가진 '마쯔시다 고노쯔게'란 분이 있다. 그는 그의 자서전에서 어릴 적 가난하여 근검절약을 배워 부자가 되었고, 배우지 못해서 누구에게나 배우려 열심히 공부했고, 몸이 약하게 태어났기에 건강에 항상 유의하여 건강하게 장수하고 있다고 했다. 그에게는 우리가 상상 못할 걸림돌이 첩첩이 가로 막았지만 그것을 디딤돌로 바꾸어 성공한 사람이다. 19세기 초 덴마크에 남들보다 글 솜씨가 엉망인 아이가 있었다. 이 아이는 열한 살이 되어서 겨우 글 비슷한 것을 써 주위에 돌렸으나 아무도 관심이 없었다. 동네 한 여인은 '네 글을 읽느니 차라리 다른 할 일을 할 걸 그랬다' 하며 핀잔을 주었다. 크게 실망하고 집에 돌아온 이 아이에게 어머니는 꽃을 보여주며 "네 글은 아직 봉오리가 맺지 못 한 거야. 그렇지만 언젠가는 봉오리를 맺고 아름다운 꽃을 피울 거니까 너무 걱정 하지마"라고 말 했다. 이 미숙한 꼬마가 후일 위대한 작가 안데르센이다. 그의 어머니는 걸림돌을 디딤돌로 바꿔준 것이다.

수많은 걸림돌 속에서 우리는 살고 있다. 우리에게 닥쳐오는 걸림돌은 관찰해 보면 판단이 흐려 걸림돌이 아닌 것까지 그렇게 취급하는 경우도 허다하다. 외부에서 오는 걸림돌을 우리가 무시할 수 있지만 내가 만든 나의 걸림돌이 특히 문제다. 중요한 것은 내가 바로서야 한다. 어떠한 일이 있더라도 강인한 정신력으로 딛고 일어서야 한다. 우리 인생은 '무엇 때문에 하는 이유'를 생각하기보다 '그럼에도 불구하고 할 수 있다'는 자신감이 절대적이다. 할 수 있다는 긍정적인 사고 확립된 후 못할 일은 없는 것 같다. 상대의 과오나 실수를 '그럴수도 있겠다'는 아량이 절실하며 이로 인해 나 있는 곳이 나로 인하여 좀 더 밝아지는 원동력이 되는 디딤돌이 될 것이다.

# 이흥수

인간의 존재란 무엇인가?
깊은 생각 속에 또 한 해가 서서히 저물어 간다.

## 수필

가을, 만남을 생각하다 | 방아 잎 그리운 향

여자이니까

## PROFILE

경북 김천 출생. 동국대학교 국문학과 졸업. 중등학교 교사역임. 『문파』 수필 부문
2014년 신인상 당선 등단. 한국 문인협회 회원. 동국문학인회 회원. 용인 문인협회 회
원. 저서 : 수필집 『소중한 나날』

# 가을, 만남을 생각하다

항상 젊음의 열기로 술렁이던 교정이 한동안 조용하다. 푸른 녹음과 함께 찾아온 일 학기 기말고사로 긴장감이 감돌고 발걸음만 빨라지고 있다. 무난한 시험 출제가 있는가 하면 꼭 몇 분의 교수님은 의도적으로 평소보다 강도 높은 과제물이나 심도 있는 출제로 정신이 번쩍 들게 만든다. 어렵사리 시험이 끝나면 기다리던 방학이다. 이 개월가량 서울을 떠나 또 다른 다양한 만남을 기대하게 된다.

시험이 끝나면 미루어 두었던 영화도 보고 방학동안 읽고 싶은 책도 몇 권사고 막내 동생 선물을 준비한다. 수중에는 경부선 준급행열차표를 살 수 있는 정도가 겨우 남는다. 이학년 여름방학, 대전이 고향인 친구와 함께 한참을 서서 갈 각오를 하고 경부선 준급행열차에 올라탔다. 붐비는 승객 속에 얼마 가지 않아 운 좋게 자리를 잡고 앉았다. 친구와 이런 저런 대화를 하고 있는데 내가 앉은 좌석 바로 옆에 젊은 스님 한 분이 배낭을 메고 서 있었다. 옆에 있는 대전 친구가 얼핏 보고는 나에게 저 스님 꼭 '율 브린너'를 닮았다고 귓속말을 하며 보라고 쿡쿡 옆구리를 찔렀다. 러시아 출생 할리우드의 배우 '율 브린너'는 그 당시 왕과 나, 십계, 대장 부리바, 황야의 7인 등으로 60년대 최고의 인기를 누리던 배우였다.

차마 올려다보기가 민망하여 궁금한 마음을 꾹 참았다. 대전역에 도착하자 친구는 작별 인사를 하고 내렸다. 친구가 앉았던 빈자리에 자연스럽게 스님이 앉게 되었다. 그제야 바라보니 부리부리한 눈에 광채가 나고 머리는 스님이니까 영락없는 조금 야윈 '율 브린너'였다. 그때 마침 열차 스피커에서 영화 〈모정〉의 주제곡 〈사랑은 아름다워라〉가 흘러나왔다. 들는 순간 여자 주인공 제니퍼 존슨이 남자 주인공 윌리암 홀든이 한국전쟁의 종군기자로 파견되었다가 사망했다는 신문 기사를 본다. 슬픔을 안고 홍콩만이 내려다보이는 언덕을 오르며 사랑하는 사람의 환상과 함께 이 노래가 나오든 영화의 마지막 장면을 아련하게 떠올리고 있을 때였다. 옆에 앉은 스님이 분위기를 눈치챘는지 영화 〈모정〉을 봤느냐고 서슴없이 물으며 대화가 시작되었다.

불교재단의 대학교를 다니며 일학년은 필수로 불교학 개론과 불교 문화사를 문과 통합으로 스님들과 함께 강의를 들었다. 시험 준비 기간에는 도서관에서 공부하다 불교학에 대해 이해하기 어려운 부분을 스님께 질문하면 누구보다 상세하게 설명해 주기도 했다. 낯설지 않은 대화를 이어가면서 스님은 중국 북송시인 '소동파'의 적벽부의 한 소절을 소개하기도 했다. 약간 특이하면서도 범상치 않은 학습량의 내공을 느끼며 목적지를 물었다. 나와 같은 방향에 있는 김천 직지사에 여름 기간 동안 스님들의 정진을 위해 강사로 초빙되어 오게 되었다고 말했다. 방학 동안 지루하면 직지사에 한번 들리라는 말과 함께 스님은 유유히 발걸음을 옮겼다.

방학이 한 달가량 지났을 무렵 서울에 사는 친구가 대구에 볼일이 있어 내려왔다가 올라가는 길에 갑자기 소식도 없이 우리 집을 방문했다. 문득 기억에 남을 만한 이 고장의 볼거리를 생각하다 직지사가 떠올랐다. 친구와 함께 직지사에 도착하여 강사 스님을 찾았다. 말끔한 한복을 입고 반갑게 맞아주며 직지사에 대한 유래를 하나하나 세심하게 설명해 주었다. 초등학교 때부터 수차례 소풍을 다니면서도 미처 듣지 못한 생생한 해설을 들을 수 있었다. 친구도 약간은 감동한 듯 상기된 얼굴이었다.

이듬해 가을, 교수님을 모시고 우리는 속리산 법주사에 가기로 일정을 잡아 놓고 있었다. 떠나기 며칠 전 함께 가기로 한 친구가 먼저 다녀온 친구가 법주사에서 '율 브린너'를 꼭 닮은 스님이 계셔서 모두 놀라고 흥미로웠다는 말을 전했다. 그 말을 듣고 '율 브린너'를 닮은 스님이 또 있을 수 있을까? 아니면 혹시 그 스님이 지금은 법주사에 계시는지 갑자기 여행 갈 날이 기다려졌다. 우리 일행은 가을볕이 스며들어 울긋불긋 영롱한 단풍잎을 바라보며 속리산 문장대를 먼저 오르고 숨 가쁘게 내려왔다.

　짧은 가을 해가 어스름할 때 겨우 법주사 경내에 들어설 수 있었다. 지나가는 스님께 강사 스님이 계시냐고 물었다. 안내한 요사채에는 댓돌 위에 하얀 고무신 한 켤레가 반듯하게 놓여 있었다. 스님 계세요? 소리를 듣자 강사 스님은 문을 열고 나오며 놀란 표정으로 어쩐 일이냐고 물었다. 교수님을 소개시키고 우리들의 일정을 말했다. 설마 하던 강사 스님과의 세 번째 만남이 이루어졌다. 기꺼이 차분한 음성으로 해설을 이어갔다. 사명대사가 중창한 법주사는 1500년 역사를 가진 불법의 은사가 큰 절이며 고려시조 왕건을 비롯하여 고려 공민왕, 조선의 세조 등 여러 임금이 찾았던 절이라고 한다. 절이 가장 번성하였을 때는 절에 머무는 스님만 3000명이 넘었다고 했다. 이 밖에 팔상전, 미륵대불, 마애여래상, 쌍사자 석등을 손으로 어루만져 가며 귀를 기울이다 보니 어느새 고즈넉한 절간에 가을 달빛이 은은하게 비추고 있었다.

　한동안 이름도 성도 모르는 강사 스님과 대학생의 우연한 만남으로 어슴푸레 기억하며 살고 있었다. 어느 날 한 TV채널에 스님이 초대되어 강의를 하는 모습을 보고 비로소 스님의 법명을 알게 되었다. 그 이후 불교

계를 대표하는 문사로 해박한 선지식과 선사들의 삶을 다룬 영혼을 울리는 책들이 발간되었다는 정보도 알게 되었다. 지금은 노스님이 되어 모든 활동을 접고 강원도 고성 작은 암자에 독거하고 치열하게 자기의 성찰과 마음 공부를 하며 수행담을 책에 담아냈다. 선사들의 열반을 통해 삶과 죽음의 실상을 깨우치고 지혜로운 삶을 위해 "삶을 배우듯이 죽음을 미리 배워야한다"고 역설한다. 올 가을은 스님의 책들을 한 권 한 권 읽으며 네 번째 만남을 깊이 시도해 보면 어떨까 하는 생각을 해본다.

## 방아 잎 그리운 향

첫 부임지인 울산에서 중학교에 근무할 때였다. 근 일 년 가까이 친척 할아버지 댁에 기거하며 출퇴근을 하게 되었다. 할아버지 댁은 꽤 넓은 주택에 두 분이 여유롭게 살고 계셨다. 변덕스러운 봄 날씨에 어설프기만 하던 객지 생활이 푸른 녹음이 우거지는 여름이 되자 조금씩 자리를 잡아가는 듯했다. 하루는 퇴근을 하여 집 대문을 밀고 들어서자 구수한 된장 냄새와 함께 알 수 없는 향긋한 향이 온 집안에 퍼지고 있었다.

할머니는 반갑게 맞아 주시며 종일 아이들 가르치느라 수고 했다면서 얼른 씻고 와서 저녁 먹자고 하셨다. 늘 은근하게 정을 베풀어 주시는 할머니는 토속적인 음식을 맛깔스럽게 잘하셨다. 선선한 바람이 불어오는 여름 저녁 대청마루에 저녁상을 차렸다. 그때 처음으로 방아 잎을 넣은 된장찌개의 오묘한 맛과 향을 느끼게 되었다. 할머니는 가끔 생선찌개나 추어탕에도 방아 잎을 넣었다. 왠지 그 향이 싫지가 않고 언젠가 먹어 본 것처럼 빨리 익숙해졌다. 언뜻 생각하니 이곳에서 멀지 않은 외가에서 어린 시절을 보낸 탓인가 싶기도 했다. 일본의 깻잎인 시소나 동남아의 대표적인 향신료인 고수처럼 살짝 특이한 방아 잎 향을 싫어하는 사람들도 꽤 있었다.

울산을 떠나 서울 생활을 하면서 까마득히 그 향을 잊고 살았다. 몇 해 전 큰애들이 직장 관계로 부산으로 거처를 옮기게 되었다. 가끔씩 아이들을 보러 부산에 가면 방아잎을 넣은 해장국도 맛보고 아귀찜도 먹으면서 새록새록 떠오르는 그리운 향을 되찾게 되었다. 방아는 잎이 작은 깻잎처럼 생겼고 원기둥 꽃대에 자잘한 연보랏빛 꽃이 다닥다닥 피는 쌍떡잎식물 꿀풀과 다년생 초본이다. 배초향이란 예쁜 이름을 가진 우리나라 '토종 허브'의 일종이다. 한방에서는 곽향이라고 하며 구토, 설사, 복통에 효과가 있고 감기로 인한 두통이나 식욕부진, 소화 장애에도 효과가 있다고 한다. 우리는 외국산 허브인 라벤더를 비롯해 로즈메리, 페퍼민트, 캐모마일 등은 익숙하게 잘 알고 있다. 배초향이 우리나라 토종 허브라는 사실은 부끄럽게도 얼마 전에야 알게 되었다. 잎을 따서 쓰는 식물로 주로 경상도 남해안 지방에서 방아라고 부르며 식용으로 많이 사용하고 있다.

몇 해 전부터 부산이 고향인 지인과 함께 재미 삼아 밭농사를 시작했다. 씨를 뿌리고 모종을 한 뒤 적당하게 물도 주며 부지런히 가꾸고 있었다. 어느 날 풀을 뽑다가 텃밭 한쪽에서 뜻밖에 방아가 소복이 자라고 있는 것을 발견했다. 우리는 고향 친구를 만난 듯이 반가워하며 어찌된 영문인지 생각하다 한참을 웃었다. 텃밭을 우리에게 물려준 우리 또래의 전 주인도 못 말리는 부산 사람이었다. 그리운 향을 잊지 못해 방아를 키우고 있었던 모양이다. 사람들은 비록 몸은 멀리 떨어져 있지만 고향에서 자라며 먹고 느꼈던 향은 쉽게 잊혀 지지가 않는다. 더구나 바쁘게 생활하던 젊은 날에는 잠시 잊고 살던 기억들이 나이가 들면서 새롭게 하나씩 더 간절한 그리움으로 다가오곤 한다.

텃밭을 오고 가며 방아를 눈여겨보고 정성을 들이고 있다. 아무래도 이곳에서는 남쪽만큼 방아가 튼실하게 자라기가 힘든지 생각만큼 잎이 풍성하지 않아 애틋한 마음이다. 가끔 비가 오려고 날씨가 꾸물거리는 날은 방아 잎을 따서 부추, 양파와 함께 밀가루에 버무려 전을 부친다. 새로운 맛과 향으로 온 가족의 별미가 된다. 어쩌다 옛 생각을 하며 방아 잎을 넣고 된장찌개를 해본다. 아무리 흉내를 내봐도 할머니 댁에서 먹어본 그때의 그 맛이 아니다. 아직도 나에겐 처음 느낀 방아 잎의 그리운 향이 아련하게 남아 있다.

# 여자이니까

명절을 준비 하느라 최소한 열흘 전부터 주부들은 몸과 마음이 분주하다. 남자들은 도와주고 싶은 의도가 있는 줄은 알지만 청소 외에는 믿고 맡길 수 있는 일이 그다지 많지 않다. 차례가 있을 때는 차례 상차림과 각자 따로 살던 가족이 모두 모이면 먼저 음식부터 무엇을 할까 고민이 시작 된다. 남자들은 무엇이든 간소하게 힘에 부치지 않게 하기를 바란다. 여자들은 힘들어도 평소에 가족이 좋아했던 메뉴를 떠올리며 하나라도 더 해주고 싶은 마음이 앞선다.

창세기에 여자는 남자의 갈빗대 하나를 뽑아 만드셨다고 했다. 갈빗대란 남자의 옆구리에서 취한 것으로 옆은 나란히 곧 동등성을 시사한다. 성경 말씀에 여자는 남자에게서 났으니 단순히 남자의 보조자로 전락 시키는 것은 잘못된 이해이다. 다만 서로의 기능과 역할이 다름을 인정해야 한다. 하느님께서 먹지 말라는 선악과를 먼저 뱀의 꾐에 넘어가 여자가 따 먹고 남자에게 권했다. 그 벌로 여자는 고통을 겪으며 자식을 낳고 남편의 다스림을 받아야한다. 여자의 권유로 선악과를 따먹은 남자는 종신토록 수고해야만 땅에서 나는 소출을 먹을 수 있게 되었다. 남자의 다스림이란 여자 위에 군림 하는 것이 아니라 모든 사회는 각 단위의 책임자가 있어야만 위계질서가 잡힌다. 가정도 사회의 한 단위이므로 남자는 사랑과 책임감으로 가정을 다스리고 여자는 마땅히 가정을 위해 협조해야 한다.

우리나라는 오랫동안 유학사상으로 남존여비의 부끄러운 과거 상을 가지고 있다. 여자들을 하나의 동등한 인격체로 대하지 않았다. 남자들의 부속물인양 함부로 다루어도 여자이니까 무조건 참고 견뎌야 했던, 여자들의 길고 긴 수난의 시대가 있었다. 교육도 남자만의 전유물이 되어 여자들은 거의 배움의 기회를 갖지 못했었다. 60년대만 해도 지방에서 여자가 서울로 대학 진학을 한다는 것은 한 집안에 크나 큰 결단이었다. 어렵게 대학을 졸업하고 직장을 가졌어도 결혼 후 남편이 찬성하지 않으면 직장을 포기할 수밖에 없었다. 현재는 겉으로 보기에 여러 곳에서 많은 변화가 감지되고 있다. 여자들에게도 인권과 평등한 교육의 혜택이 주어지는 바람직한 사회가 되어가고 있다.

세계 여성의 날에 발표한 여성의 사회 참여도 평가에서 한국이 3년 연속 OECD 국가 중 꼴찌를 지키고 있다는 보도다. 남녀평등 순위는 145개 조사 대상국 중 115위로 중동국에 가깝다. 아직도 직장 맘들은 출산 휴가 급여를 떼이고 승진 차별을 받고 있다는 소식이 전해진다. 형식적으로는 남녀평등과 동등한 기회를 부여 받는 것 같지만 고위직으로 갈수록 유리 천장이란 말이 현실이다. 여자들이 자기의 전공을 살려 결혼 후 까지 직장생활을 충실히 하려면, 가정생활과 육아 문제를 주위 가족들에게 의존할 수밖에 없다. 우리나라처럼 육아와 교육이 힘든 사회 제도에, 유능한 여성 인재가 어쩔 수 없이 직장을 포기하는 안타까운 현실이 주위에 비일비재하다. 여성들의 사회 참여도를 높이려면 마음 놓고 일에 전념할 수 있는 사회적 제도가 하루 빨리 개선되어야 한다.

얼마 전 작은 딸이 초등학교 3학년인 손녀를 데리고 미국 로스엔젤레스에 있는 사립초등학교에 연수를 다녀왔다. 사촌이 그곳 지사에 근무하여 그 집에서 겨울 방학과 봄 방학동안 학교를 다니게 되었다. 미리 친정에 의논하면 찬성 하지 않을 것을 예감했는지 모든 준비가 끝난 뒤 통보를 하였다. 어쩔 수 없어 말리지는 못했지만 우리세대는 엄두도 못 낼 일이다. 직장 다니는 남편을 두고 맏이는 아니지만 음력설까지 끼어있는 상황이면 도리를 생각해 다음 기회로 미루었을 것이다. 막연히 여행을 간 건 아니지만 딸이 돌아 올 때 까지 은근히 노심초사하며 사위에게 특별한 신경을 썼다. 별일 없이 잘 다녀오고 시댁에서도 이해하는 눈치다. 요즘 가정에서는 여자들의 운신의 폭이 그나마 많이 넓어 졌음을 피부로 느끼고 있다.

사회적으로도 어느 때 보다 여권의 신장을 외치는 목소리가 높다. 오래동안 억눌렸던 성 차별에 대한 한계를 극복하기 위해 모두 조금씩 노력해가는 분위기다. 무엇보다 남자와 여자의 존재적 가치를 내세우기보다 기능적 역할이 다르다는 부분을 용납하고 존중하며 조화를 이루는 지혜가 필요하다. 여자들은 타고난 친화력과 희생정신을 십분 발휘하여 가정이나 사회에 따뜻한 빛이 되고자 노력해야한다. 자기의 역할을 충실히 이행한 자만이 주위로 부터 여자이니까 받을 수 있는 신뢰와 사랑을 듬뿍 받을 수 있지 않을까 생각한다.

# 최완순

이대로 머물고 싶다

**수필**

만원의 행복 | 뻐꾸기가 우는 것은 | 돌아온 슬리퍼

**시**

너와 나 | 인고

## PROFILE

충남 대전 출생. 안양대학교 국어국문학과 졸업. 『문파』 수필부문 신인상 당선 등단. 사단법인 한국문인협회 회원. 사단법인 한국수필협회 운영이사. 문파문학회 상임이사. 사단법인 한국문인협회 용인지부 회원. 문파문인협회 회원. 시계문학회 회원. 시계문학상 수상. 2014년 경기도 용인시 창작지원금 수혜. 저서: 『두릅 순 향기, 일곱 살 아이』 2012년 수필집. 『꽃삽에 담긴 이야기』 2014년 수필집. E-mail: cws4008@naver.com

# 만원의 행복

　　요즘 들어 긴축경제를 하지 않으면 가계부에 절제경보가 그려져 삶의 고달픔을 느끼게 하고 있다. 하고 싶은 것 다하고 먹고 싶은 것 다 먹고는 저축을 할 수 없다는 옛말이 실감난다. 집을 장만하려면 젊어서부터 경제를 알고 허리끈을 조여매야 한다던 어른들의 말씀이 가슴에 와 닿는다. 누구나 잘사는 이유가 있고 못사는 이유가 저마다 있다. 예부터 돈을 내 몸처럼 아끼며 돈의 위신을 지켜주던 사람은 잘살고 있다. 그것은 돈은 혈맥과 같아서 혈맥이 끊어지면 죽음이 오듯이 돈이 떨어지면 삶을 이어갈 수 없다. 작은 돈부터 소중히 다루는 사람은 성공의 열쇠를 손에 쥐고 있는 것과 같아 잘살 수 있다. 때문에 만원의 힘은 행복을 창출하는 고리가 되어 인생의 배를 편안함으로 노 저어가게 만든다.

　체육관을 가고 있다. 올 겨울은 유난히 춥다. 몇 년간 온난화 현상으로 겨울의 매서운 추위가 없었다. 어찌된 일인지 작년부터는 눈은 더 내리고 올해는 대지 위를 설원으로 만들어 놓고 있다. 온난화 현상이 계속 될 거라던 기상관청의 예측이 아리송하기만 하다. 갑자기 추워지기 시작하는 기후변화에 사람들은 몸도 마음도 경제적 여유도 춥다. 체육관에 나오는 사람들도 운동이 끝나면 모임이 줄어들고 각자 집으로 돌아간다. 변화 하는 자연과 경제는 함께 릴레이를 하고 있는 느낌이다. 오늘은 누군가 나서서 만원으로 행복 찾기를 제안했다. 각자 만원씩 내놓고 저녁식사를 하자는 제안이다. 나 역시 눈 쌓인 풍경을 두고 집으로 일찍 들어가기에는 낭만이 있는 날이다. 여섯명의 여자들이 박수를 치면서 환영했다. 꽁꽁 얼은 땅을 미끄러지지 않으려고 발끝에 힘을 주며 걷는 발걸음이 즐겁기만

하다.

　오늘 나의 행복은 만원으로 푸근해지고 서로 꾸미지 않고 허물없는 교재를 나눈다는 것에 있다. 누구의 경제로부터 식사를 하고 그에게 부담을 주는 것이 아니라 모두가 주인의식으로 동참 한다는 자연스러움이다. 누구를 만나는 가에 따라서 더치페이가 이루어지고 어떤 분위기에 따라서는 한사람이 식사 값을 내야하는 경우가 있다. 오래전부터 자기가 먹은 것은 자기가 계산하는 더치페이 문화가 있다. 그러나 더치페이에 익숙하지 않은 나는 '만원으로 우리 행복하자'라는 의견에 들떠 있다. 만원으로 각자가 주체성 있는 자존심을 지닐 수 있다는 생각에 흥분하도록 좋았다. 만원이 합쳐지면 큰돈이 되기에 선뜻 내가 내겠다고 나서기 어려워 모임은 없었던 것이다. 서로가 나눈다는 의미에서 만원으로 행복 찾기는 바람직하고 권장할 만하다고 느껴졌다.

　한 여자가 남편이야기를 솔직하게 떨어놓으며 떠들고 있다. 안면만 있지 친숙하지 않은 사람들이지만 만원으로 거리를 좁히고 있다. 여자들이 모이면 남편이야기. 자식이야기는 단골주제로 등장한다. 그녀의 남편 이야기는 계속되었다. 50이 넘도록 매일 밤 12시가 넘어서 남편이 귀가한다며 속 아픈 이야기를 털어 놓는다. 지금은 각방을 쓰고 있어 아침에 얼굴을 본다며 늦게 들어가도 된다고 호들갑을 떤다. 격 없이 떠드는 그녀의 행동에 모두가 마음을 연다. 한 여자가 "그럼 오늘은 2차 노래방까지 가면 되겠네" 자유로운 삶을 열어놓는 소리다. 자기가 부담한 만원으로 이렇게 행복하다는 이유에서 만원은 10만원보다 소중했다. 이렇듯 삶속에서 만원의 가치는 사랑하며 편안한 관계를 만들어 주는 길잡이가 되어주고 있다. 티끌모아 태산을 만든다고 만원이 모아져 행복 찾기 슬로건 그대로 우리는 자유분방하도록 즐겼다.

　세월의 흔적이 각 여자들의 얼굴위에 미소 짓고 있다. 40대 여자가 젊음을 잃지 않은 탄력 있는 얼굴로 대화에 동참하고 있다. 나이 많은 사람에게 거리감을 두지 않고 거침없이 "언니들"하며 친근감을 보인다. 남편이 평생을 12시가 넘어 귀가 한다는 나이든 여자의 말을 듣고 젊은 여자가 흥분을 했다. 재미없고 자존심 상해 어떻게 사느냐며 속상한 감정을 부추긴다. "그럼 언니는 섹스는 해요?" 뜻밖의 당돌한 말에 모두가 젊은 여자를 바라본다. 갑자기 받는 엉뚱한 질문에 그녀는 대수롭지 않다는 듯이 "그 짓 해본지가 10년이야" 당당하게 말을 받는다. "그럼 언니는 무슨 재미로 살아요, 그것도 안하고" 이해가 안된다는 몸짓을 한다. 모두가 자지려 지도록 웃는다. 호기심을 뒤로하고 젊은 여자도 따라 웃는다. 만원의 행복은 숨겨 두었든 여자들의 스트레스를 날리는 역할까지 해주고 있어 각자의 행복을 찾게 하고 있다. 격 없이 큰소리로 웃으며 친교의 시간은 이어졌다.

　전철을 타고 집으로 돌아가는 길이다. 내 머릿속에는 만원에 대한 행복이 떠나지를 않는다. 만원이 이토록 큰 의미로 가슴에 와 닿는 것은 내 삶도 추위를 타고 있고 누군가에게 부담을 주지 않았다는 상큼함 때문이다. 그날 벌어 그날을 사는 사람이나 경제적 여유가 있어 저축하고 사는 사람이나 모두가 빈 손이였다. 만원의 소중함을 알고 있는 사람들은 저축하는 근면한 자세가 되어 있어 고대광실(高臺廣室)를 지을 꿈을 먹고 산다. 만원은 내 삶에 행복을 만들어주는 수호신이였다는 것을 왜 느끼지 못했는지 만원의 소중함을 새삼스럽게 깨닫는 밤이다. 만원의 행복을 나누자고 제안한 그 여자의 생각 속에 우리는 한바탕 웃고 행복을 느끼며 헤어졌다.


# 뻐꾸기가 우는 것은

오늘따라 뻐꾸기의 울음소리가 더 구슬프게 아침 안개를 가른 다. 오늘이 남의 둥지에 알을 낳아놓고 나와 버린 그날인가, 왜 저토록 처량하게 울어 대는지 배롱나무꽃잎에 맺힌 이슬방울이 뻐꾸기가 흘린 눈물인 양 핏빛을 물고 있다. 문득, 어느 여인이 목젖 속으로 숨기며 울던 울음소리를 듣는 듯하여 창밖으로 시선을 몰아 새를 찾는다. 품안에서 자식을 키우지 못한 여인의 오열은 손이 사금파리에 베이는 아픔으로 손가락이 떨어져 나가는 고통소리를 삼키며 울었다.

뻐꾸기는 남의 둥지에 알을 낳아놓고는 둥지를 나와야 하는 필연의 운명을 타고났다. 내 둥지를 틀지 않고 남의 둥지에 알을 낳아놓고 다른 둥지어미 새로부터 알을 부화하게 만드는 것이 뻐꾸기의 타고난 습성이다. 때문에 뻐꾸기의 야비한 행동은 울음소리도 역겹게 듣는 사람들이 있다. 더 잔인한 것은 알에서 깨어 나온 뻐꾸기 새끼는 둥지어미 새의 알을 밖으로 밀어내어 떨어져 죽게 하고 둥지어미로부터 사랑을 독식한다. 둥지어미 새는 자신의 알을 밀어내어 죽게 만든 뻐꾸기 새끼를 자신이 낳은 알로 알고 부화시켜 날을 수 있을 때까지 먹이를 먹여 키운다.

알을 낳아놓고 나온 뻐꾸기 어미가 둥지 주위에서 알이 부화되는 과정을 지켜보며 구슬픈 울음을 울어댄다. 알을 낳고 사라지는 것이 아니고 한

동안 둥지를 살피며 떠나지 못하고 모성본능을 보이며 특유의 울음을 운다. 나는 생각한다. 뻐꾸기가 처량하게 우는 것은 남의 둥지에 알을 낳아 놓는 운명을 슬퍼하는 어미의 한(恨)맺힌 울음소리로 여겨진다. 그렇게 주어진 습성이 아니었다면 스스로 알을 부화시킬 수 있어 피를 토하듯 처량한 울음소리를 내지는 않을 것이라고 느껴진다. 때문에 뻐꾸기는 주저함 없이 평생을 소리 내어 울어댄다. "어쩌란 말이야! 내 마음을 너희가 아느냐"라는 듯, 버린 자식에 대한 그리움을 토하듯, 나도 너희들처럼 둥지를 틀고 싶다고 통곡한다.

40~50년 전에는 우리민족은 가난했다. 가족의 수도 한 집안에 5~6명은 보통이였다. 여인은 그 때 미혼모로 아이를 낳았다. 결혼식도 하지 못하고 동거를 시작했고 집이 없어 친척집을 찾아가기도 했고 천막집을 구해 살기도 했다. 어린그녀는 가난으로 아이가 사랑스럽고 소중하다는 모성본능을 상실하고 있었다. 남편은 매일 일을 위해 돌아다니지만 언제나 빈 손이였고 가난은 현실을 극복할 여백이 없었다. 그녀는 어미로써는 할 수 없는 최후의 선택을 했다. 아이를 두고 집을 나와 버렸다. 그리고 돌아갈 수 없었다.

가난의 고리를 풀 수 없었던 환경 때문에 뻐꾸기의 삶을 살수 밖에 없었던 여인의 고백에서 가난이란 둥지 없는 뻐꾸기와 같다는 생각을 했다. 아이를 키울 수 없는 가난 때문에 남의 둥지에 자식을 버려두고나온 그녀, 날아간 뻐꾸기 새끼처럼 버린 자식을 찾을 수 없어 베인 상처를 치료하지 못하고 죄의식에 자조(自嘲)하는 울음을 울곤 했던 그녀다. 어미의 본능을 져버렸던 철부지의 선택이 훗날 피멍들어 삭혀지지 않는 상처가 될 것을 예감 못했었다. 자식을 버려놓고도 어디서든지 자유롭게 우는 뻐꾸기의 울음소리를 부러워하던 그 여인을 생각하며 한(恨)이란 저런 소리가 아릴까 아픔의 틈새를 들여다본다.

산을 걷다가 뻐꾸기 울음소리가 들리면 그 울음이 심곡을 흔든다. 슬픔이 많아서 가까이 다가가고 싶은지, 야비한 삶에 속성을 탓하고 싶은지, 구슬프게 우는 소리를 쫓아 하늘을 우러러보게 된다. 뻐꾸기의 생태를 알게 되면 경악함을 감출 수 없지만 그렇게 타고 났다는 운명 때문에 미워할 수가 없는 애처로운 감정까지 느껴 뻐꾸기의 울음소리를 싫어하지 않는다. 스스로 선택한 것이 아니고 주어진 생존에 순응한 필연의 선택이라면 이해해 주어야 된다는 마음을 갖게 된다. 뻐꾸기가 우는 것은 어미가 자식을 그리워하는 소리며, 용서를 구하는 소리며, 둥지를 틀지 못한 운명에 항의하는 소리로 들린다.

필연적 운명과 스스로 선택한 잘못의 차이는 용서의 이해가 다르다. 그녀의 양심과 뻐꾸기의 습성을 합리화시킬 수 없지만 자식을 그리워하는 모성본능은 동일하게 느껴진다. 부모에게는 자식은 자신의 핏줄로 생성시킨 새로운 생명, 또 하나의 자신과 같은 존재다. 때문에 인간이든 미물이든 자식에 대한 그리움과 잘못에 대한 사죄로 통곡하는 것은 본능이 아니겠는가. 지금은 어디에서 어떻게 울고 있는지 가슴에 피멍이 들어있을 그녀를 생각하니 오늘 저 뻐꾸기의 울음소리는 더 처량하게 들린다. 잘못을 소리 내어 말하고 끝없는 울음으로 통회하며 조금은 자유로워지고 싶지만 스스로 자식을 버린 죄는 용서받을 수 없다는 것을 자각하기에 비밀을 가지고 사는 여인이다.

세상에는 뻐꾸기의 울음을 울고 있는 사람들이 간혹 있다. 뻐꾸기의 울음은 버린 것들에 대한 자책의 소리다. 거시적인 안목으로 본다면 뻐꾸기의 알은 우리의 일상에 들어나지 않은 과오로 존재할 수 있다고 본다. 자식을 버리고 우는 울음이나, 사랑을 하지 못하고 용서가 없었던 미움이나, 누군가를 향해 희생하지 못한 욕망도 낳아 놓고 버린 어미 뻐꾸기의 존재성이다. 내 속에도 뻐꾸기의 울음은 감추어져 있다. 소리 내어 울음을 울지 않을 뿐이지 뻐꾸기의 아픔이 가슴속에 있다. 뻐꾸기의 한(恨) 맺힌 울음을 이해할 수 있는 것은 죄를 지을 수 있는 잘못에 대한 긍정의 눈으로 사랑을 베풀고 싶기 때문이다.

# 돌아온 슬리퍼

　　지나가는 세월만큼 쌓여가는 사진들을 사진첩에 간직하기에는 너무 많아졌다. 7권의 사진첩을 채우고도 비닐봉지에 담겨져 있는 사진이 그만큼은 되는 듯하다. 과거에 찍은 사진들을 컴퓨터에 스캔하여 핸드폰에 옮기려고 사진을 정리하고 있었다. 사진을 고르던 손길이 낙타에 타고 있는 내 모습에 시선이 멈춘다. 벌써 10년이 훌쩍 넘은 이야기다. 이집트 사막을 샌들을 신고 관광을 해야만 했던 발 아픈 추억이 있다. 크루스 여행을 한다고 백화점에서 마음먹고 산 고급 슬리퍼를 여행 중 잃어버려 잠시 샌들을 신어야 했던 고통이 있었다. 그때 잃어버렸다 찾은 슬리퍼의 행방이 지금도 묘연하다.

　2000년도에 지중해 크루즈 여행을 20박 22일을 했다. 새 천년이라고 유람선 이름도 뉴 밀레니엄 이였다. 7만5천 톤 되는 거대한 크기의 유람선에  한국사람 25명이 각 여행사를 통해 모아져 한 그룹이 되어 김포를 출발했다. 크루즈 여행 중 도시 관광은 절대적이 아니다. 관광을 하기 싫으면 배안에서 쉬면서 밖으로 나가지 않아도 된다. 지중해의 태양이 더 뜨겁게 느껴지는 오후였다. 배 안에 있는 필란드 사우나 실에서 땀을 흘리고 있는데 한국인 아주머니가 웃으며 들어왔다. 말이 통한다는 즐거움에 가족을 만난 듯이 서로 반가워하며 이야기를 나누었다. 잠시 후 아주머니는 사우나가 뜨겁기만 하지 땀은 나지 않는다고 손을 흔들며 먼저 나갔다.

　사우나 실에서 나온 나는 의자에 누워 높은 하늘과 눈을 맞추며 여로를 즐겼다. 배는 하늘에 떠있는 구름같이 흔들림이 없었다. 배안에서 보는 외국인들의 흰 살결은 없어도 있는 듯, 몸짓은 모르는 것이 없는 듯, 여유롭게 보였다. 파란 하늘이 서서히 회색빛 옷으로 갈아입으며 어둠으로 하늘을 단장하고 있다. 수영장에 있던 사람들도 방으로 들어가려고 채비들을 한다. 나도 하늘이 짙은 밤으로부터 초대받아 검은 연미복으로 갈아입기 전에 방으로 돌아가려고 몸을 세운다. 그런데 의자 옆에 있어야할 슬리퍼가 보이지를 않았다. 사우나실은 슬리퍼 없이 왕래하게 되어 있었다. 때문에 사우나실을 나와서는 슬리퍼를 신지 않았고 돌아가려고 찾으니 보이지 않는 슬리퍼에 당황했다.

　까칠까칠한 카펫의 촉감이 발바닥에 거칠게 느껴졌다. 슬리퍼를 찾지 못하고 맨발로 객실로 가는 기분이 몹시 사납다. 통하지 않는 손짓, 몸짓, 다해서 종업원과 슬리퍼를 찾아 보았자만 찾지 못하고 맨발로 수영장을 나와야 했다. 쓰레기통은 몇 개를 뒤져봐도 없다. 탈의실과 그 외의 외진

곳까지 살펴보았지만 없다. 나는 말이 통하지 않는 낯선 유람선 안에서 어쩔 줄을 모르다 멘 발로 돌아 갈 수밖에 없었다.

이집트에 있는 피라미드 사막을 관광해야 했다. 아침부터 우울하다. 굽 높은 센달 하나밖에 없는데 사막을 어떻게 걸어야 할지 침울하다. 누군가 슬리퍼를 주워갔다는 생각이 기분을 상하게 한다. 왜 남의 물건에 손을 대는 사람이 있는지 그들의 양심의 문을 열고 대화를 해보고 싶다. 잃어 버린 사람이 자신이라고 생각을 한다면 타인의 물건에 손을 댈 수가 없을 것이다. 언제나 세상살이는 나라고 생각하면 남에게 피해가는 행동은 억 제 할 수 있다. 자신에게 해를 주고 자신에게 아픔을 주는 사람은 없기 때 문이다. 세상살이도 나를 사랑하듯이 세상을 사랑하면 이런 불상사는 없 을 것이다.

생각처럼 내 발은 온통 허물이 벗겨지고 사막을 걸을 수 없어 나중에는 신을 벗어 들었다. 식당에 도착해 찬 물수건으로 발을 닦아 내고 있는데 어제 사우나 실에서 만난 아주머니가 옆에 앉아서 아는 체를 한다. 신발 이 불편하겠다며 왜 그런 신발을 신었느냐는 표정이다. 슬리퍼를 잃어버 려 샌들을 신었는데 너무 발이 아파서 걸을 수 없다고 울상을 지웠다. 깜 짝 놀라는 표정을 지우며 언제, 어디서 잃어버렸느냐고 정색을 하며 묻는 다. 어제 수영장에서 쉬고 있다 들어가려고 슬리퍼를 찾으니 없더라는 말 에 고개를 갸우뚱하며 안됐다는 표정을 지어 보인다.

아주머니가 저녁식사를 하는데 다가오면서 웃는다. "신발은 찾았어요?" 내 발을 보면서 묻는다. 고개를 흔드는 나에게 수영장 쓰레기통 안에 여

最완순

자 슬리퍼를 보았다면서 가보라고 한다. 어제 잃어버린 슬리퍼가 오늘 쓰레기통에 있을 리가 없다. 그래도 그녀의 말을 듣고 저녁식사를 하다말고 뛰어서 수영장으로 올라갔다. 어제 뒤져보았던 쓰레기통에는 쓰레기는 없고 내 슬리퍼가 덩그마니 들어가 있었다. 놀라서 "어떻게 이럴 수 있어" 슬리퍼를 찾은 기쁨에 단숨에 슬리퍼를 꺼내들고 객실을 향했다.

기념품 상점에서 그녀를 만났다. 너무 고마워서 두 손을 꼭 잡으며 "슬리퍼 찾았어요. 정말 고마워요" 그녀가 개면적은 미소를 지으며 서둘러 손을 놓고 사라진다. 나는 고마움의 답례로 이집트에서만 살 수 있는 나무종이에 신화를 그린 그림 한 점을 사서 선물을 했다. 그 뒤로 그녀를 보면 반갑게 말을 걸면 외면하고 피하는 것이 나로 하여금 나쁜 생각을 머금게 했다. 그날 슬리퍼를 그녀가 버려진 물건으로 알고 주워갔다가 내가 고생하는 것을 보고 다음날 쓰레기통에 버리고 나에게 말해 준 것은 아닐까. 하루를 보내고 수영장청소는 말끔히 끝낸 상태에서 쓰레기통에 쓰레기는 한 점도 없이 슬리퍼만 있었다는 것은 나를 어둡게 했다.

여행은 끝이 났다. 김포공항에 도착한 우리는 짐을 찾기 위해 서성이고 있었다. 슬리퍼를 찾아준 아주머니가 손에 작은 두루마리를 들고 내 곁으로 다가온다. 헤어지기 아쉽다는 인사를 하려고 하는 것으로 알고 반갑게 "안녕히 가세요" 먼저 인사를 하며 손을 내밀었다. 그녀는 내 손에 두루마리를 넘겨주며 "이거 가지고 가세요. 고맙지만 제가 받을 입장이 아니에요" 내가 사서준 그림을 돌려주고 간다. "아줌마! 왜 그래요 괜찮은데..." 그녀는 그대로 사라졌다. 왜 그녀는 그림을 군이 돌려주고 갔는지 지금도 알 수 없는 의문으로 남아 있다.

95

## 너와 나

발가벗고 만난 그녀를 엄마라 말했다
살갗가릴 옷 입혀주며
젖꼭지 입에 넣어주던
부드러운 손을 갖은 그녀를 엄마라 불렀다
어둠 속에서 듣던 순한 목소리 엄마
탯줄잡고 터지는 그리움 만나러
세상 밖으로 나왔을 때
옹알이하는 입술에
웃음 가르쳐준 무한한 애정
그냥, 품속에서 쉬고 싶은
저울 추 없는 여인 엄마다

살갗이 야위고 멍드는 것은
너를 기다리는 설렘이었다
울음소리로 만남 청할 때
시간의 문 열고 너를 안았다
너의 눈 끝에 생기는
새의 깃털처럼 부드러워 평온했고
야윈 손끝에서 느껴지는 생명의 가이없음은
눈물을 사리로 구워내

삶의 기둥 세워주려 다짐하게 했다
주어도 저미는 너 생각하면
천둥치듯 아픔이 뛰고
맑은 너 대하면
봄볕에 얼굴 내민 목련꽃 같아진다

이 사랑을 거절하면 뿌리 없는 인생이다


## 인고

-새어머니-


맷돌 끌고 길을 가는 그녀
어린 입술들 시어머니로 모시며
질경이 풀잎 같은 반평생
민들레 씨앗 털듯 하늘을 날고 싶은
궁궐 속 이름 없는 꽃
애먼 믿음 검게 물들까
귓속에 박힌 투정 흔들지 못하고
입속 가득 담긴 쓰나미 토하지 못한다

잘못 매듭진 인연 꽃잎 질 때까지
앙가슴에 십자가 끌어안고
쓰디쓴 현실 주님의 피로 마시면
사나운 삶 고개 떨군다
끌고 온 맷돌 성수로 닦아 옆구리에 다시 낀다

어느 사이,
웃고 있다
손에 난 핏자국 어루만지고 있다

# 정선이

## (박정희)

시간의 바람 속에
날아갈 것만 같은 얘기들을
불러 모아
미숙한 글로 남겨봅니다.

---

### 수필

---

특별한 친구 | 끝자락으로 산다는 것 | 조단

---

**P R O F I L E**

전주 출생. 『문파』 수필부문 신인상당선 등단. 시계문학회 회원. 한국문인협회 회원. 국제 PEN 한국본부 회원. 문파문학회 운영이사. 공저 『물들다』 외 다수

# 특별한 친구

'집에서 불평 없이 묵묵하게 기다리는 친구를 원하십니까?'라는 글 옆으로 적당한 크기의 관상용 관엽 식물을 한손에 들고 단아하게 서 있는 모습이 아름답다. 우리와 다른 모습의 친구를 원하고 있는 현대인을 위한 광고가 눈길을 멈추게 한다. 제나는 16년 동안 우리 가족과 같은 공간에서 지내고 있는 특별한 친구다. 길다란 속눈썹의 매력적인 그녀는 경찰과 함께 도둑을 잡고 농장에서 가축을 지켰던 유전인자를 가지고 있는 슈나우저 암컷이다. 가족이 외출했다 늦어지면 묵묵히 기다리지 않고 소파의 방석을 흐트러 놓기도 하였지만 총명하고 상황판단을 잘하여 기도중이면 산책을 기다려주는 그녀다.

그들만의 훈련과 교감이 필요한 두 달의 기간을 배려 받지 못하고 한 달만에 어미 곁을 떠나온 제나다. 너무 일찍 어미를 떠난 불안감으로 외출할 때면 요란하게 짖기도 하였지만 규칙을 잘 따르고 있었다. 낯설은 환경임에도 불구하고 제나(전설 속의 여전사)라는 이름에 걸맞게 의사표현을 분명하게 하는 씩씩한 친구다. 위로가 필요한 분위기가 흐르고 있으면 불안감을 털어 버린 듯 짖는 모습이 달라지며 스스럼없이 달려와 애교를 부리는 그녀였다. 밀림은 아니더라도 타잔과 숲속의 친구들처럼 의사소통이 이루어지며 신뢰가 깊어지고 있었다. 그들만의 빠르게 흐르고 있는 시간 탓에 어느 사이에 우리들의 나이를 앞서가는 안타까운 그녀의 모습이다.

배변훈련을 받은 것이 엊그제 같은데 근육질의 날렵 몸매shape가 변하기 시작하며 병원 출입이 잦아지기 시작하고 있는 제나다. 두 번의 수술을 이겨내고 앞산을 오르내리던 그녀에게 생각지도 않았던 당뇨가 찾아오더니 병의 빠른 진행은 실명으로 이어지고 말았다. 그녀의 잠자리를 거실에서 방으로 옮기기로 하였다. 후각 신경구가 사람의 40배나 되어 화장실을 잘 찾아갈 수 있으련만 규칙을 만드는 친구의 소심한 배려 (?)가 통제를 시작한 것이다. 새로운 규칙과 함께 치료를 위한 음식조절을 대견하게도 잘 따르고 있던 그녀의 모습이 심상치가 않다. 머리를 한쪽으로 기울인 채 밥그릇으로 향하는 발걸음이 방향을 잃고 비틀거리고 있다.

먹을 것을 거부를 하며 주저앉는 측은한 모습위로 커다란 빈자리를 만들어 놓고 떠난 그녀를 닮은 조그만 친구 람보가 오버랩 된다. 다시 맞이해야하는 쉽지 않은 이별의 순간을 밀쳐 버리며 저혈당이 염려가 된다는 수의사의 말에 인슐린을 낮추며 관찰하기로 하였다. 기다리는 동안 알 수 없이 다가오고 있는 두려움을 이겨내기 위하 여 필사의 노력을 하는 제나였다. 화장실을 스스로 찾아가 볼일을 보기도 하고 바르게 걷기 위하여 쓰러졌다가 다시 걷기를 반복하고 있다. 회복할 수 있다는 것을 알리기 위한 모습이었다. "저혈당이 문제는 아니고 원인이 분명하지를 않으니 그 모습으로 살다 가야할 것 같네요"라는 동의할 수 없는 말을 뒤로하고 인터넷을 통하여 알게 된 동물 한방병원으로 향하였다.

치료방법에 대한 궁금증을 풀어주는 듯한 잘 만들어진 틀이 기다리고 있는 병원이다. 회복을 간절하게 원하고 있는 그녀는 틀에 묶이어 침을 맞는 동안 모든 것을 의지하는 모습이었다. 믿음을 가지고 일주일에 한 번씩 침을 맞기로 하였다. 한 달이 지나며 언제 그랬냐는 듯이 완전하게 회복한 제나가 현관에서 산책을 서두른다. 밤사이에 내린 봄비로 상큼하여진 산책길에 파아란 잎들이 나뭇가지 사이로 작은 얼굴을 내밀고 있다. 새로운 계절의 작은잎은 보지 못해도 나들이 나왔던 동료들의 내음과 함께 흙에서 올라오는 봄소식을 킁킁거리며 반기고 있는 그녀다. 변함없이 신뢰하며 따르고 있는 친구, 제나와 보폭을 맞추며 그녀가 남은 날들도 건강하게 보내기를 바라는 마음이다.


## 끝자락으로 산다는 것

시애틀에 있는 조카로부터 전화다. 한동안 말이 없더니 "이모, 조금 전부터 엄마의 심장이 운동을 안 하는 것 같아요" 떨리는 음성이다. 병상에 있던 작은 언니의 하늘나라 행 열차가 출발하고 있는 것이다. 유방암으로 고생하던 큰 올케가 오빠 곁을 떠난 지가 일주일이 채 되지를 않았다. 문득 '숱한 세월이 흐른 후에 발견된 돌아가신 아버지의 편지, 사냥꾼의 총부리 앞에 죽어가는 한 마리 사슴의 눈초리, 오뉴월의 장의 행렬' 등을 얘기하고 있는 안톤 슈낙의 수필 '우리를 슬프게 것들'이 떠오른다. '어찌 우리를 슬프게 하는 것들이 이것뿐이랴' 하는 글 뒤에 한 구절을 첨가하고픈 마음이다. 형제들의 끝자락으로 살며 다시는 만날 수 없는 곳으로 그들을 보내고 있는 것이 슬프게 하고 있다.

큰 오빠로 부터 올케가 암수술을 하고 투병 중에 있는 것을 알려온 것은 유난하게 무더웠던 지난여름이었다. 검사결과가 희망적이라는 소식에 믿음을 가지고 기다린 날은 그리 오래가지를 않았다. 모두가 한번은 가야

하는 길이지만 일흔 살을 겨우 넘겼기에 어느 누구도 믿고 싶지 않은 부음 소식이었다. 나뭇잎들을 다 털어버린 쓸쓸한 가을나무를 닮은 여윈 모습으로 장례식장을 지키고 있는 오빠였다. 투병생활에 고생만하고 떠난 사람과 그녀의 회복을 기다리다가 슬픔가운데 남아 있는 자들에 대한 측은함으로 위로할 어떤 언어도 생각이 나지를 않았다.

아픈 마음을 다치지 않으려 세상을 하직한 자와 관계없는 얘기만 나누다가 돌아온 문상이었다. 작은언니가 세상을 하직한 소식을 접하게 된 것은 올케의 삼우제가 있는 날이다. 태풍과 함께 몰려오는 쓰나미처럼 감당하기 어려운 소식들이 연이어 들려오고 있다. 당혹스러움에 알려야 할 친지들에게 소식을 전하지 못한 채 전화기만 곁에 두고 하룻밤을 지샌 다음날이다. 장례일정을 끝낸 오빠로부터 마음을 같이하여 주어서 고맙다는 전화에 부음을 전하니 병상에서 고생한 언니의 얘기를 나누다가 "다음은 내 차례가 되었구나"라며 무심한 말을 던진다.

아직은 아니라며 화제를 돌려보지만 가당치도 않은 두려움이 밀려온다. 얼마 전에 담가놓은 김치와 건강식품을 서둘러 챙겨들고 우체국으로 향하는 발걸음이다. 지역적으로 멀리 떨어져 살아도 소식을 자주 주고받지 않아도 든든한 울타리 같은 형제들이다. 어릴적에는 상급학교 진학을 위하여 떠나고 자라서는 각자의 가정을 이루며 동생을 남겨두고 떠나더니 작은언니까지 다시는 돌아오지 못 올 길을 가고 있다. 영화 〈Back to The Future〉에서 사진 속의 인물들이 하나둘 지워지는 장면처럼 다시는 볼 수 없게 된 그들을 만날 수 있는 망상의 그림을 그려본다.

가을 색으로 곱게 물들어 있는 대전 헌충원에 자리 잡고 있는 형부의 유택이 언니를 기다리고 있다. 막내 동생이 대학에 갈 때나 아들을 낳았을 때에도 늘상 "조그맣더니" 하며 놀리던 언니들과 오빠들이었다. 큰오빠가 상중에 있기에 조그마하던 동생이 장례를 치르는 조카를 도와야 할 윗 어른이 되었다. 목사님의 인도로 먼 길을 마다하지 않고 달려온 친척들과 예배를 드리며 언니를 형부 곁으로 보내고 있다. 슬픈 마음으로 언니의 마지막 가는 길을 보내야만 하는 쓸쓸하게 남아있는 끝자락의 동생이다.

# 조단

　　　　　오랜 친구인 임여사가 운영하고 있던 조단照丹이 영업을 종료하였다는 소식이다. 마니산 숲길을 따라 서해바다가 보이는 해변 끝자락에 자리잡고 있는 경양식집이다. 조금은 머언 곳에 있어 자주 방문하지 못해도 그녀의 가족에 대한 사랑과 열정이 가득한 그곳에 마음만은 늘 달려가고 있었다. 전혀 예측하지 못하였던 전화다. 뜨락에 야생화들이 피었을 무렵에 한번쯤 더 방문하지 못한 아쉬움이 스치고 지나간다. 거리 가상거相距한데 마음이라도 읽은 듯 "가게문은 닫았어도 다른 곳으로 옮기지 않고 그대로 살고 있어요. 조금 있으면 게 철이니 꼭 한번 다녀가요" 하며 "우리아들이 강화에 병원을 개원 하였어요" 한다.

　아들 건이의 소식을 전하는 행복한 음성 너머로 펼쳐지는 조단과 함께한 임여사의 지나간 영상들이다. 활동이 왕성하던 그녀의 남편이 뇌출혈로 쓰러진 것은 조단의 문을 열기 몇 달 전이었다. 그녀와 가족을 지켜주고 있는 든든한 벽이 무너져 내린 것 이다. 세 명의 딸과 아들을 위로하며 중환자실에 있는 남편의 자리를 대신하기에는 조금은 벅찬 40대 중반에 들어서고 있는 그녀였다. 목적지를 생각할 겨를이 없었다. 운전대에 올라 자동차가 이끄는 데로 달리다가 땅끝이라 생각되어지며 멈춘 곳은 해변가 낮은 절벽이었다. 지금 조단이 자리잡고 있는 자리다. 땅거미가 질 무렵까지 앉아 있던 그녀의 눈과 마음을 가득 채운 것은 수평선으로 넘어가는 태양빛에 붉게 물이 들어가는 바다였다.

가슴을 두드리고 다가온 아름다운 대자연은 출구를 알 수 없는 캄캄한 터널 속에 있는 임여사를 새로운 길로 인도하고 있었다. 그녀는 그동안 몸 담고 있던 교직에 사표를 내고 이끌리듯 해질녘까지 머물고 있던 곳으로 돌아와 터를 잡았다. 깊은 잠에서 깨어난 남편이 함께하고 있음에 감사하며 삽을 들기 시작한 삶의 이모작이었다. 바다가 손에 잡힐 듯한 언덕에 서양식의 건물을 짓고 조그마한 간판도 내 걸었다. 계산대의 일은 뇌출혈의 후유증으로 불편하여진 남편이 도와주고 주방과 홀은 그녀의 몫이었다. 이른 아침에 시장에 다녀오는 것을 시작으로 잠자는 시간을 제외하고는 발 빠르게 움직여야만 하는 새로운 삶이었다.

조단이 영업을 시작하였다는 소식을 접하고 방문할 무렵은 길을 안내하여 주는 네비게이션도 없었다. 강화 입구와 읍내에 있는 공중전화에서 두어 번의 안내를 받고서야 들어선 해변 길은 몇천 마일을 공간 이동하여 북대서양에 온 듯 아름답고 한적하였다. 작은 어촌을 지나자 고개를 내밀고 있는 작은 간판이 조단으로 안내하고 있었다. 백일홍이 서 있는 현관에서 남편과 함께 기다리고 있는 그녀가 반기며 내미는 손을 잡는 순간 어떠한 인사의 말도 건넬수가 없었다. 거북이 등과 분간하기 힘든 그녀의 손이었다. 흔들리는 표정에 "버스왕래가 적어 함께 일할 사람 구하기가 어려워서 그래요. 안정되면 괜찮을거에요." 하며 몸을 돌려 젊은 시절을 생각게 하는 흘러간 팝송의 볼륨을 높이며 분위기를 바꾸고 있는 그녀다.

귀에 익은 음악과 함께 만나는 석양빛의 붉게 물든 바다보다 더 잊을 수 없는 것은 손끝으로 전율처럼 넘어온 그녀의 가족에 대한 사랑과 열정이었다. 교회식구들, 학교 동창모임, 부부모임 등 기회가 닿는 대로 조단을 방문하도록 이끄는 것은 매상에 도움을 주기 위함이 전부는 아니었다. 전율처럼 전해오는 그녀의 가족에 대한 특별한 사랑을 많은 사람에게 전파하고픈 마음이었다. 그때마다 강화의 순무며 고구마 등과 함께 그녀의 사랑이 되돌아 오는 그곳은 어느새 어디론가 훌쩍 떠나고 싶을 때면 생각나는 위로의 장소가 되었다. 많은 생각들이 교차되며 서둘러 달려온 조단은 영업을 종료 하였어도 바다를 바라볼 수 있도록 배치된 식탁이며 그녀의 열정을 간직한 채 변함이 없는 모습이다. 그녀가 정성들여 준비한 오찬 너머로 계산대 위에 줄지어 앉아있는 자녀의 사진들이 시선을 멈추게 한다. 행복한 표정들이다. 그동안 열정과 사랑으로 조단과 함께하여온 그녀에게 사진 속의 가족들과 같은 마음으로 박수를 보낸다.

# 이개성

"구름아 날 좀 태워
그대 곁에 데려다주오"

시

뭉게구름 | 그리워 | 머리 커트와 시

할미꽃 | 현관 앞 반송

## PROFILE

충북 괴산 출생. 서울대 약학대학 3년 수료. 경희대 경영학과 졸업. 일본 시나리오 연구소 제17기 수료. 「문파」 시 부문 신인상 당선 등단. 한국문인협회 회원. 문파문인협회 상임운영이사. 시계문학회 회원. 저서: 시집 「추억이 담긴 벤치」. 공저 「 그냥 또 그렇게」 외 다수

## 뭉게구름

유난히도 맑고 푸른 가을 하늘
흰 뭉게구름 두둥실 두둥실
저 구름 타고 가면
사랑하는 그대 계실까
구름아 날 좀 태워
그대 곁에 데려다주오


## 그리워

소리쳐 불러도
그대 메아리치지 않네
찾아 헤매이고 헤매여도
그대 모습 보이지 않네

먼 훗날 나 그대 찾아
달려가거든 두 팔 활짝 펴서
나 반기며 안아 주겠지요

그리웠노라고

# 머리 커트와 시

벼르고 벼르다
머리 커트를 했다
개운하고 상쾌하다

문득 시 쓸 때
생각이 떠올랐다
군더더기 말을 커트 하면
시가 상큼해진다

'을'이라는 조사 하나 커트해도
상큼해지는 것
느낄 때가 있다

더 과감하게
커트 하고 응축한
상큼한 시 쓰고 싶다

# 할미꽃

어린 시절 본 할미꽃 보고파
할미꽃 보았다는 친구 앞세워
정원 끝자락 먼 곳까지
꽃 찾아갔다

젊어서도 늙어서도 할미꽃
꼬부라진 할미꽃
고개가 아프지는 않은지 애처로운 할미꽃
무슨 죄 전생에 지었기에 저렇게 꼬부리고 있는지
벼 익을수록 고개 숙이듯
하심하고 있는 것인지

어릴 때 뒷동산에 올라가
따스한 봄 햇살 맞으며 할미꽃 맞이하던 날

인자하신 모습 할머니 그리워
어린 시절 그리워

## 현관 앞 반송盤松

현관 앞 광장 안에
눈비 세찬 바람 아랑곳없이
꼿꼿이 서 있는 늘 푸른 그대

우리들의 지킴이

명절이면 가족들 예쁜 옷 입은 손주들
들썩들썩 광장 매꾸기도 하고

매일 새벽 단아한 모습 등산복 차림으로
뒷산에 오르던 나의 그 사람
갑자기 보이지 않아 궁금하지 않았는지

밤중에 앰뷸런스 현관에 출동 실려만 가면
다시 그 모습 못 보는 일 수없이 겪었겠지

바로 이것이 허망한 인생이라오

반송이여 그대만은 천 년 만 년
아름답고 푸르러
꼿꼿이 이 곳 지킴이 되어주기를

# 심웅석

글 쓰는 것이, 사서 고생하는 일이다.
하지만 쓰고 나면 높은 산 준령을 정복한 것처럼
가슴에 안기는 보람이 있어, 오늘도 또 쓴다.

### 수필

서늘한 가을이 | 삶은 '지금'이다

### 시

어머니의 노래 | 어이서처 광진이 | 현대시. 2

### PROFILE

충남 공주 출생. 서울의대 졸업. 정형외과 전문의. 계간지 『문파』 영혼명상 등 시 5편
으로 등단. 한국문인협회 회원. 용인문협 회원. 문파문인협회 회원. 시계문학회 회원.
저서: 시집 『시집을 내다』 수필집 『길 위에 길』 공저: 『그냥 또 그렇게』 『문파 시선』
외 다수

# 서늘한 가을이

　　이 녀석이 이렇게 쉽게 올 줄은 몰랐다. 얼마나 기다리던 녀석인가. 어제 말복을 지나고 오늘 아침 일어나서 환기시키려고 창문을 열어보니, 서늘한 바람이 불어오지 않는가. 멀리 있을 것으로만 여겼던 가을이 코앞에 와서 인사하는 것이다. 숨이 턱턱 막히던 무더위가 하루아침에 무릎을 꿇어버린 느낌이다. 침대에 누워 상큼한 바람을 맞으며 창밖을 내다보니, 티 한 점 없는 파란 하늘은 예고도 없이 멀리 높아져 있다. 가을날의 눈이 시리게 맑은 하늘이, 언제나 마음속에 슬픈 그리움을 안겨다 주는 까닭은 또 무엇일까.

　　백 십여 년 만의 더위라면서, 사정없는 더위가 온 세상을 찜통으로 만들었다. 여름에 햇볕이 쨍쨍 내리쬘 때는 언제나 중학 휴학시절 어머니와 함께 땀을 뻘뻘 흘리면서 콩밭을 매던 생각이 났다. 금년에는 가뭄까지 심하여 땅이 쩍쩍 갈라지는 것을 보니, 금이 갈라졌던 어머니의 거친 손이, 소년의 기억으로 자꾸 떠올랐다. 선풍기도 에어컨도 없던 그 시절을 생각하니, 오늘을 살고 계시다면 얼마나 좋았을지, 아쉬움만 가득하다. 만약 그때 에어컨을 설치한 집이 있었더라면 온 동네 사람들이 그곳으로 모두 모여 시원하게 피서를 하지 않았을까 싶다.

　　휴대폰으로 '오늘은 더위가 심하니 노약자들은 외출을 하지 말라'는 재난 안전본부로부터 시도 때도 없이 날아오는 면피성 경고 메시지도 이제 끝날 것 같다. 금년에 열사병 사망자가 30여 명이나 되고, 더위로 인한 구급환자가 칠천여 명이나 되었다고 한다. 노인 인구가 많아지면서 노약자가 많아지니, 면역력이 약해진 이들이 무더위에 노출되어 위험해 지는 것이다. 근래 노인의학의 필요성이 대두되었고, 이는 죽음을 인정하고 접근하는 것이기에, 기존 의학과는 좀 다른 분야라 했다.

말복인 어제는 정원을 걸어 나가는데, 성숙한 처녀티가 나는 수국에서 진한 향기가 코로 스며들어 저으기 놀랐다. 초복 중복 때는 아무 냄새도 없었다. 그 무더위를 다 겪어내고 나서야 비로소 향이 나는 것이다. 소나무 대나무와 더불어 세한삼우歲寒三友의 고결한 품격으로 많은 사랑을 받는 매화도, 눈 속에서 추위를 이기고 피는 설중매를 제일로 친다. 금년 여름 더위가 그렇게 심했기에, 창문으로 들어오는 가을 냄새가 이처럼 싱그러운 것은 아닐까. 사람도 하나의 인격이 완성되기 까지는 고통과 성찰의 시간을 거쳐야하는 것이다.

일어나서 아침 체조를 한다. 서늘한 바람이 창문으로 들어와 내 몸을 휘감는다. 몸 속 노폐물이 남김없이 날숨으로 빠져 나가는 듯하다. 창문 저 너머로 펼쳐진 공원에는 나뭇가지와 바람, 그리고 나뭇잎 사이로 반짝이는 햇살의 향연이 한창이다. 이어지는 매미소리는 가을을 재촉하고 있다. 이제 머지않아 단풍이 들고, 낙엽이 지는 가을이 올 것이다. 이 얼마나 아름다운 자연의 질서인가.

# 삶은 '지금'이다

'지금'만이 과거와 미래에 얽힌 마음의 굴레를 벗어나, 그 너머로 우리를 데려갈 수 있다. 과거와 미래에 초점을 맞출수록 가장 소중한 '지금 여기'를 잃어버리게 된다. 우리가 '지금 있는 그대로'를 보지 못하도록 장벽을 치는 것이 과거와 미래이다. 어떤 일도 과거 속에서 일어날 수는 없다. 미래의 천국에 대한 믿음이 현재의 지옥을 만들어 내는 수도 있다.

과거에 깊은 상처를 내게 남겨준 사람이 있었다. 오랜 세월을 원망하고 미워하고 분노하며 살아왔다. 어느 날 하느님 앞에 기도하는 중에, 그녀를 용서하면서 불쌍하다는 생각이 들었다. 등줄기에 진땀이 흐르면서 마음에 평화가 찾아왔다. 그때까지 과거 속에서 살아왔던 것이다. 용서는 상대방을 위한 것이 아니라, 과거 속에서 헤매는 내 자신을 '지금'으로 구해내는 작업이란 사실을 알았다. 모든 문제는 마음이 만들어 내는 환상인 것이다. 과거는 후회, 원망, 슬픔, 죄책감을 만들어낼 뿐이다.

미래는 불안, 초조, 긴장, 걱정을 가져다 준다. 하지만 미래에 대한 꿈이 있다는 것은 좋은 일이다. 그 방향으로 노력하는 것은 바람직한 일이지만, 노심초사하고, 걱정할 일은 아니다. 그런다 해서 달라지는 것은 아무것도 없기 때문이다. 언제나 삶의 중심은 오늘 '지금'에 두어야 한다. 미래에 대한 기다림은 현재를 잃어버리고 삶을 황폐하게 만든다. '더 나은 세상'을 만들기 위해 공산화를 추진하는 과정에서 오 천만 명이 넘는 사람들이 여러 나라에서 피살된 것으로 추정하고 있다.

'지금'의 상실은 존재의 상실이다. 우리 속담에 '생일날 잘 먹으려고 이레를 굶는다'는 말이 있고, 서양에는 '부자로 사는 것이, 부자로 죽는 것보다 낫다(To live rich is better than to die rich)'라는 것이 있다. 미래를 위하여 지금을 희생하는 어리석음을 빗댄 말이다. 주위에 구두쇠 노릇을 하며 비난받는 돈 많은 재산가들을 본다. 그들은 생을 마감할 때 아마도 살아온 인생을 후회하리라 생각한다.

긴급한 사태를 당하면 사느냐 죽느냐, 가 있을 뿐이다. 이 순간에, '살아 있다'는 것에 대한 감사를 느낄 때 비로소 우리는 '지금'으로 돌아오게 된 다. 수 년 전, 내 건강에 적신호가 발견되었을 때 미래의 꿈을 모두 접었 다. 보이는 것은 '지금'이었고, 숨을 쉬고 있다는 것에 감사할 뿐이었다. '지금 여기'를 변화시킬 수 있는 일이 아무것도 없었고, 이 상황에서 빠져 나갈 수 없으니, 모든 내부 저항을 떨쳐버리고 '지금 여기'를 받아들이고, 내맡기는 수밖에 없었다.

'내맡김'이라 함은 '지금 여기'를 순순히 다 받아들이는 것이다. 이 속에 는 위대한 힘이 있고, 내맡기는 사람만이 영적인 힘을 가질 수 있다. 이 상 태에서는 과거에 대한 원망, 미래에 대한 걱정이 아무것도 남아있지 않 다. 지금 이 순간을 살고 있다는 것에 감사할 따름이다. 부정적 감정은 인 간 정신 속에 축적되어 온, 과거의 오염물질이다. 불행한 들꽃을, 스트레 스 받는 떡갈나무를 본 적이 있나. 자존심 상한 개구리를 만난 적이 있는 가. 마음속에 쌓인 복잡한 생각들로 머리를 굴리고 있는 인간 외에는, 당 면한 자연환경에 모두를 내맡기고, 아주 평화롭고 자연스럽게 '지금'속에 서 살아가고 있다. 세상살이란 신이 벌이는 신성한 게임인지도 모를 일이 다.

\* 참고문헌- 지금 이 순간을 살아라./ 에크하르트톨레, 노혜국 외 역

# 어머니의 노래

-어머니의 노래-

어머니가
구성지게 이어 부르시던 소리를 듣고
그냥 꾸며서 부르는 가락인 줄 알고
나는 웃었다

그 구슬픈 소리들이
고단한 삶의 한을 풀어내는
서정시인 줄을,
다 지나고 나서 알았다

웃으며 부르시던 어머니의 노래가
지금은 눈물 젖은 가락으로 남아
내 가슴을 파고든다

# 어이서처 광진이*

맨날 웃고 다니는 '어이서처 광진이'는
동네 아이들 놀림감이었다

비 오는 날, 입에 거품을 물고
기와집 마당에 쓰러져 버르적거릴 때
나는 무서웠다

웃는 것은 허망虛妄함이요
버르적거리는 것은 몸부림이다
바보 광진이는 그렇게 살았다

지나고 보면,
산다는 게
허망한 몸부림이 아니런가

삶의 기준基準을 아는가.
바보들의 행진은 아니런가

---

*어렸을 때 바보 어른, 광진을 '어이서처 광진이'라 부르며 놀렸다.
지금 생각하면 아마도 그는 간질을 앓았던 것 같다.
'어이서처':남을 놀리던 말. 알나리깔나리의 방언쯤으로 추측

# 현대시. 2

이해하기 힘든 암호 같은 말로
미친 이 같이 에돌아 써야
읽는 이가 제각각
해석을 달리 하면서
명시名詩로 취급 받는 세상이네

쉬운 우리말로
아무리 아름다운 표현으로
설계해 보아도
쉽게 알아먹을 수 있는 시는
명시 되기가 어렵다네

곰곰이 생각해도
미친 이 같은 표현이 떠오르지 않아
반쯤 미친 말이라도 궁리하다 보니,
늙은이가 현대시名詩를 흉내 내는 것이
어울리지 않아 날개를 접는다네.

이 풍조trend도 세월 가면 변할 거야.
해석해야 황홀했던 바로크 시대 음악이

듣기만 해도 아름다운 낭만주의 음악에

자리를 내준 것처럼

세상에 영원한 것은 없을 테니까

# 윤정희

───

> 푹 물러 떨어지는 낙과처럼 달디 달고 향기 진동하는
> 글을 쓰고 싶은 열망으로-

**수필**

───

가로 왈 세로 왈 | 삼순이가 아프다

**시**

───

부음 소식에 | 가을 이야기 | 가을날의 다람쥐 이야기

## P R O F I L E

───

계간지 『문파』 시 수필 등단. 문파문인협회 회원. 한국문인협회 회원. 시계문학회 회원.
동인지 『奇緣』 외 다수

# 가로 왈 세로 왈

부부로 보이는 두 분이 경로석에 다가왔다. 여자 분의 안색이 나 환자입니다 라고 보였다. 일어나야 하지 않을까 하는 순간, 남자분이 내게 "어디 불편 하십니까? 임산부이십니까? 육십 오세가 되셨습니까?"라고 묻는 말에 아니요, 라고 답했다. 자기가 묻는 질문에 아니요, 라면 비어 있어도 앉으면 안 되는 경로석이라고 언성을 높여 세상사 돌아가는 얘길 하며 어느 정당의 강령처럼 훈시를 했다. '수술한 다리에 족근염 때문에 허리가 어떻다고 말을 해야 할까' 이건 내 문제이지, 말하는 이를 탓 할 일은 아니었다.

건강하고 싱싱해 보이는 내 얼굴상이 문제이지 싶었다. 죄송합니다. 앉으시지요, 라는 말에 잠시 사양을 하더니 부인을 앉게 한 뒤 남자분도 따라 앉았다. 우연찮게 같은 역에서 내렸다. 난, 사실은 의도적이었지만 안녕히 가시라고 인사를 아주 깍듯이 했다. 그렇게 당당하게 언성을 높이고 한 성깔 할 것 같은 분이. 순간, 부드러운 남자가 되어 머리를 주억거리며 나를 피하듯 했다. 잘못함이라 꾸짖을 수 있는 그분의 용기를 탓 할 일은 아니지만 방법의 차이를 생각해 보았다.

외출했다 돌아오면 곳곳이 물새는 바가지라고, 딸에게 불편한 심기를 드러낸다. 무리지어 단합대회 나온 듯한, 경로석에 노부부 언성을 높이며 서로를 질타를 하는 모습은 나이 들어가면 부끄러움을 잊는 것일까. 난, 부엌 옹배기에 퉁퉁 불은 보리쌀 건져 먹다 들킨 쥐마냥 둘 곳 없는 눈만 껌벅거렸다. 개성시대라곤 하지만 아름다운 맵시의 기준을 어디에 두어야 하는 건지 수영장 패션 같은 차림새에 외출을 할 때마다 눈이 보리꺼

스럭 든 것 같이 불편하다 하니 듣자던 딸은 세상이 그런 것을 열 받지 말고 시대에 맞게 그런가 보다 봐주면서 살란다.

양반이라는 허울만을 단물 빨듯 하는 사람들 많이 봐 왔지만, 조신한 몸가짐과 품격 있는 언행과 덕행으로 인한 예우를 받던 예전에 양가집 규수와 안방어른들 모습을 떠 올려본다. 자연은 해로운 것은 드러내지 않고 숨긴다 했다. 가끔은 범접할 수 없는 곳에 거처를 두고 생활을 했던 옛 여인들처럼 내밀함이 더없이 신비롭고 아름답다는 생각이 들기도 한다. 일상을 정성스럽게 살아야 함이 생명 받은 이의 예다움이요, 옳은 일이라 생각되기에 옛것을 살려 아름답게 창조되는 삶이길 바라본다.

우주왕복선을 타고 가도, 빛과 같은 속도로 달려가도 다다를 수 없는 곳. 최첨단 의료기를 들이대도 볼 수 없는 곳. 그 멀고 깊은 심오한 그곳이 어디인가, 사람의 마음이 아닐까 싶다. 그 문을 활짝 열면 광대무변한 우주도 품을 수 있고 닫아버리면 바늘 하나 꽂을 자리 없이 궁핍해진다. 이 오묘한 존재를 드러냄이 저마다의 행과 언어이고 행과 언어가 꼴을 꼴답게 온전한 형태에 이르게 함이라 생각하는데, 축이 빠져버린 마차가 고샅길 굴러가듯, 그리 쉽게 공공장소나 길거리에서 자신들을 팽개쳐 버린 모습으로 비춰지면 쓰겠나 싶다.

# 삼순이가 아프다

　　　　삼순이를 데리고 공원에 나갔다. 꼬리를 흔들어 대는 삼순이를 보고 여자 아이가 겁 없이 달려들어 머리를 쓰다듬는다. 아이가 예뻐 웃으며 손을 흔들어 봐도 낯설어하며 내겐 오지 않는다. 지켜보던 아이의 엄마는 무안한 듯 강아지의 이름을 물었다. "삼순이에요."란, 말에 당연할 거란 낯선 미소를 본다. 예쁜 외모와는 거리감이 느껴지는 토속적인 이름 삼순이. 얼마나 예쁜 이름인데. 난 자랑하듯 웃었다.

　삼순이가 우리에게 온지 도 1년여 시간이 지났다. 그때만 해도 지인들이 예쁜 강아지를 준다 해도 사양했었다. 동생을 원하던 손자가 강아지라도 입양해 달라는 간절한 구애도 무시했었다. 우연인지 필연인지 뜬금없이 삼순이가 출현을 했다. 손자의 봄방학 때 우리를 처음 만나 경상도를 거쳐 강원도까지 여행을 다닐 때 잘 따랐다. 곳곳의 사찰을 들렀을 때 우리를 따라오다 뒷걸음쳐 사찰로 올라가 내려오지 않는 삼순일 보고 절과 인연이 깊은 개라고 웃었다. 짐승 한 마리도 인연이 있어야 내게 오는 것이란 남편 말에 수긍을 했다.

　환경이 바뀌니 낯선 사람만 봐도 오줌을 잘금거리고 질서 없이 옮겨 다니며 방뇨를 해댔다. 외손자 십여 년 돌보고 나니 나이 들어 개 뒷바라지까지 해야 하나 싶어 가끔을 짜증도 났다. 그럴 땐 엄한 훈장노릇을 했다. 그러던 어느 날, 낯선 환경 속에 있었을 때에 내 모습이 떠올랐다. 밤새 뒤척이고 배에 가스가 차고 부글거리며 집에 돌아올 때까지 변도 제대로 보지 못해 외출은 심한 스트레스였던 그때의 심정으로 삼순 이를 동일시 하니 심한 자괴감과 함께 삼순이가 제대로 보였다. 구박을 당해도 고개만 돌려댈 뿐 절대 윗니를 드러내거나 으르렁 거리지 않은 착하고 순종적이 삼순이다

　내 손짓과 얼굴 표정과 음성만으로도 나를 알아차리고 행동이 달라지는 삼순이, 사람의 감정을 간파하는 감성이 아주 뛰어나 곧 우리의 말도 따라서 할 거라며 달달한 상상에 웃게 하던 삼순이가 병이 났다. 우리에게 오기 전 외부환경에 노출되어 얻은 병이 노환이라 방법이 없다고, 의사의 소견은 사형선고나 다름없었다. 딸아인 삼순이 치료를 위해 여러 병원을 방문을 했다. 맑고 예쁜 삼순이 눈을 볼 때마다 가슴이 아팠다. 나를 향해 달려오다 내 앞에서 힘없이 쓰러져 일어나지 못했다. 딸의 품에 안겨 숨 헐떡거림이 천식으로 힘들어할 때의 나를 보는 것 같았다. 집에 돌아와 침대에서 바들바들 떨면서 또 쓰러졌다.

　어찌해 볼 수 없는 상황에 가슴을 졸이게 했던 삼순이, 치료가 될 것 같다는 낭보에 명의를 만났다고 우리는 아우성이었다. 절대 안정해야 한다고 새장 같은 유리 입원실에 갇혔다. 또 버려지는 줄 알고 얼마나 불안했을까! 병원에서 가족을 몇 칠 만에 본 삼순이가 흥분해 호흡이 어려워 또 쓰러졌다. 자칫 사망 할 수도 있다는 딸의 눈이 젖었다. 가족을 반기는 삼순이가 우리의 삶을 돌아보게 한다는 내 말에 딸도 그렇다 했다. 누가 나를 보고 내가 누굴 보고, 숨이 멎을 만큼 반길 사람이 있는가. 나이 들어가며 망가져 가는 이 몸을 지극정성 돌봄이 있는가. 그리움이 있는가. 인연들 돌아서는 뒷모습을 더 살피는 나였지만, 왠지 무성한 계절이 지나간 나목이 떠오른다.

한 생명을 경시하지 않고 돌보는 분별없는 측은지심, 걸림이 없는 마음 씀이 너무도 예뻐 "고년 내 딸이지만 싸가지 있네, 참, 잘 낳았네!" 늦가을 시린 달빛에 더없이 맑고 순연한 내 좋아하는 박꽃을 보는 듯하다. 이재에 밝은 사위도 돈 먹는 하마 삼순이 돌봄이 따뜻해 고마웠다. 우리네 삶은 인연의 고리 속에 살아들 간다. 어리석은 이는 다가오는 인연을 깨닫지 못하고 그냥 흘려보낸다 했다. 내 딸이 아파 힘들 때 많은 위로가 되기도 했던 삼순이. 어떤 인연일까란 의문을 내려놓지 못하는 내게, 내 딸은 삼순이가 1년 전에 우리에게 왜 왔는지 이제는 확연히 알 것 같다 한다. "이 못 고 가. 면벽 수도 하는 이만 터지랴!" 삼순이 덕에 삶에 본질을 깨닫게 된다고 웃었다.

　　우리 삼순이는 예쁜이, 먹순이, 똥강아지, 해피궁디. 예쁨을 표현하는 딸을 향해 "우리 삼순이는 돈 먹는 하마, 우리 딸 CCTV." 도돌이표 솔음을 높였다. 병이 호전되어가는 예쁘고 순종적인 우리 삼순이 질경이처럼 살아내 이름값을 하리라 기대해 본다. "어머니 우리 삼순이 비싼 여자예요." 웃는 사위를 보고 "그래, 자네가 참 고맙네, 공생을 잘하고 있네 그려!" 날마다 깨 볶는 냄새에 맛있는 웃음을 비벼댄다.

# 부음 소식에

잊지는 않으셨던가요.
영혼이 떠난다고 부고 한 장 띄우셨던 가요
가슴에 불기둥 하나가 불득 일어섭니다.
무심한 세월 바쁘다는 건 어쩌면 핑계였습니다.
이젠 꿈길에서나 만나 볼 수 있을까요
밤하늘에 또 하나의 별을 심어 놔야 할까요.

본래의 자리로 돌아가는 건가요.
그 자리 어디쯤 인가요
그 자리는 상처 없고 아픔 없는 자리일까요
알 듯도 하고 모를 듯도 하여 가늘게 들려오는
풀 섶 귀뚜리 소리 이승에서는 함께 들을 수 없는
먼 기다림으로 애달파만 집니다.

지금도 가슴을 헤집는
이제 가면 다시는 오지 않을 거라고
푸념처럼 들리던 금이 간 말들
긴 세월 삭은 동아줄이 될 줄 진정 몰랐습니다.
오래전 제 가슴에 심어놓은 불씨 하나가

지금도 꺼지지 않는 정으로 또렷또렷
눈을 뜨고 있습니다.


## 가을 이야기

먼 산 바라보는 가을이
언뜻 곁에 와 사방이 콩 튀듯 한다.

쨍쨍 내리쬐던 햇살에
극성이 심했는지
금이 간 얼굴들
열병처럼 앓고 간 한때의 흔적이
퇴적처럼 쌓인다.

왜 붉어만 가는지
왜 이즈러져만 가는지
세상은 비밀의 코드를 알려주지 않지만
저마다 홀로 세월의 속내를 읽어가고

낭창이 여물어 가는 가을 앞에

윗목에 내던져진 쉰 밥 그릇처럼
함부로 퍼질러 앉은 곡성을
우르르 밀려온 바람이 쓸어안고 간다.

위로를 전할 수 없는 저편에도
흔들리던 우주가 떠나간다고
이 가을은 붉어지는 것들을 흔들고 간다.


## 가을날의 다람쥐 이야기

산골에 살던 외할머니
우리 산신령 얼마나 영험하신지
들녘에 흉년 들면
산에 도토리 알밤
풍년 들게 한다고 하셨지

산그늘 걷어 올리는 외할머니
쩡쩡한 음성 메아리 돌고
도토리 절구질에 쿵덕쿵덕
놀란 날다람쥐 귀 쫑긋 낙엽에 얼굴을 가렸지

한 평생 해를 잡고 살다
산신령 품에 드신 외할머니
뉘일 곳 없는 외로움이
치마 자락에 자개바람이 일면
모여든 다람쥐들 입이 바쁘다 했지

잘근잘근 올 풀어진 이야기
물레를 돌리다 탱탱하게 감기는
알음알이
얼마나 외로우셨을까
붉어진 속말 바람에 귀띔을 했지만
산은 진력이 났는지 메아리마저 끊기었지.

# 강신덕

가을 낙엽 쌓인 오솔길 내 그림자 밟는다.
아무리 보아도 되돌릴 수 없는 길목에서서
발 구르는 소리 더 작고 아프다
마지막 소리라 생각하며
온 정성 쏟아본다.

시

빛으로 찾아와 | 변신의 묘기 | 세월

잎 | 고향

PROFILE

평남 평양 출생. 『문파』 신인 수상 등단. 시계문학회 회원. 백합문인회 회원

## 빛으로 찾아와

햇살 한 자락
창가에 드리울 때
눈부심 타고
미세의 움직임
포근히 안아준다.

만지려 손 뻗으면
꿈꾸듯 멀리
빛 속으로
사라져 가는
작은 뒷모습

그림자 없이
맛도 없이,
촛불 밝혀도
드러내지 않고
자취 보이지 않는

훌쩍 손 흔들며

이승 떠나던
울 엄마
빛으로 찾아와
품에 품는 그 감미로움


## 변신의 묘기

포근한 햇살 받으며
족두리, 삼오관대
두둥실 꽃가마 탔더랬지.

새 날 수줍게 손 잡은 그 님과
알콩달콩 새 사연 엮으며
한여름 태양빛에 올망졸망

때론 변신의 묘기
새콤달콤 빨간 석류 되고
노란 열매, 서로는 행복했지

싱그런 수확의 열매 한 입

활짝 웃고 배 두드리고
콧노래 덩실 춤추게 했지

마지막 잎새 떨구던 날
낙엽 된 서로는 위로하며
한 줌 흙 곱게 거름이 되죠.


## 세월

보슬비 땅 스미는데
우산 쓴 마음
한 걸음 무겁고
울적해진 가슴엔
외로움 달려오네.

앞 산 초록 물결
바람에 흔들리고
냉기 설움 안은
산, 산 나무 잎

옷 갈아입는다네.

아파하며 들려주고
소리로 웃음 주던
둥근 구멍 크낙새,
떼로 날던
아기 참새
지저귐 있었는데

달려온 찬바람
낮 달 실눈 뜨던 날
심술궂은 검은 구름
소나기로 지나고
기운 해 긴 그림자
오늘도 저문다네.

# 잎

연초록 새순
아가의 첫 울음 같아
흰 나비
날아들면
수줍어 가지 흔들던
엷은 미소

한여름
무성한 푸른 숲은
지지배배
지지배배
아기 새들 날아드는
행복의 숲

환한 햇살 받아
가을 무르익은
멋진 수채화 한 폭엔
바람 불어
날리는
파르르 낙엽 한 잎

# 고향

눈부신 햇살 속
아지랑이
은빛 꽃
동산 개나리
나비 불렀지

벚꽃 너른 벌
하얀 눈 꽃
바람 타고
벌 나비
춤추곤 했지

마음 노 저어
대동강물
기러기 떼
울 엄니
노랫말 속
고향 하늘

먼 듯 가까운
손 뻗어 저곳
강, 산, 수양버들
꿈 깨면
봄비 촉촉
북녘 내 고향

# ─ 김점숙 ─

> 짧은 햇살 아래 야심차게 날아오르던
> 활시위를 떠난 화살촉 과녁을 비껴 맞았네
> 하 하 하
> 남은 화살촉 욕심을 내려놓으라는 충고 들으며
> 이런 게 인생이라 겸허한 내일을 기다리며…

### 시

너를 기다리는 담벼락에 | 선유도 섬초 | 세월 속에서

아직 떠나지 못한 너 | 너무 더워요

### P R O F I L E

시계문학회 회원. 문파문인협회 회원. 동인지 『그냥 또 그렇게』 외 다수

## 너를 기다리는 담벼락에

눈물방울 떨어뜨려
고운 결 돌 위에
기도 같은 시간을 갈고 갈아
난을 치던 독낙정 그 사람
세상 속으로 스며들더니
돌아올 줄 모르는데

두껍게 포장된 땅을 넘어
작은 걸음으로 찾아온
담쟁이
무심한 벽 위에 그림을 그린다

## 선유도 섬초

갈대숲에 불던 바람
솔밭까지 따라와
바다 향해 달린다

석양에 물드는
눈부신 억새 머릿결
황홀이 흔들어 춤추는 섬

언제부터였을까

붉은 줄기 안으로만
참고 참아온 몸
바람 따라 구르고
굴러
길을 물었네

망주봉 아래
잊혀진 세월
돌아갈 길 찾아
모래바람 속 헤매다
이제는 단꿈에 젖는다

## 세월 속에서

방문 열고 길을 나선다
거리는 칼바람 속 낯선 사람들
얼어서 굳어버린 궁상들
그 속에 빈 상자 하나 걸어간다

밤새 뒤척여 떠나보낸 미련들
연기 속에 묻어두고
끝나지 않는 피아노 선율에 올라
찬바람만 떠도는 하늘 아래
한숨은 깊어져도
깊은 바다 속 조개처럼
영롱한 진주 하나 가슴에 품는다

# 아직 떠나지 못한 너

시월도 중순이 지났건만
어제 울던 매미
오늘도 울고있다

모두 떠나고 없는 가을 한복판에
애절한 몸짓으로 남아
누굴 부르는 걸까

이곳에 오기까지
늦게 도착한 사연 있었겠지
결실을 맺었거나 맺지 못했거나
조금씩 무게를 내려놓는 계절에
떠도는 너의 영혼이 아프다

가로등 불 켜지자
잦아들던 소리조차 멈추었구나

# 너무 더워요

몇 날을 지켜보아도
방긋 웃을 줄 모르고
갈색으로 타들어가던 하얀 소망 개망초

사람의 목소리 가뭇없어
손부채 부치다 땀을 닦는
가냘픈 손목조차
비쩍 말라갈 때

잠깐 다녀가는 단비
발걸음 반가워
무겁고 습한 바람인들 어떠랴
노오란 웃음 꽃 들린다

# 이중환

상념, 그리움, 주변에서 보고 느끼는 것 등
시로 표현해 봤습니다.

---

### 수필

어머니의 삶 | 천혜의 뉴질랜드

### 시

나의 밤 | 옛 생각 | 창가에서

---

## PROFILE

경주 안강 출생. 문파문인협회 회원. 시계문학회 회원. 국립한국방송통신대 국문학과
졸. 서울농협 근무. 서울농협에서 정년퇴직. 동인지 『그냥 또 그렇게』 외 다수

# 어머니의 삶

어머니가 편찮으시다는 소식이 동생들로부터 왔다. 걱정이된다. 어머니는 아버지께서 50초반에 술병으로 돌아가신 후 계란장사로 시작해서 시장입구에 채소 난전을 해오셨다. 그렇게 해서 동생 둘을 박사를 만드신 분이다. 우리 형제는 모두 4남 2녀다. 그중 내가 제일 맏이다. 박사 중 하나는 국립대학 정교수로 재직한 지가 오래됐다. 박사 하나는 사법시험 2차에 몇 번 낙방하고 시험을 앞두고 사고로 결시를 하게 되는 등 불운하게 빛을 못 본 편이다. 그 외 동생들은 다 괜찮게 사는 편이다. 나는 아버지가 집안일보다 바깥으로만 나도시는 분이라 집안일을 맡아야겠다는 생각으로 공부를 접었다가 아버지께서 돌아가신 후 빚을 정리하고 사회에 나서게 되니 학력이 부족하다는 생각이 들었다. 늦은 공부를 해서 서울의 농협시험에 합격해 IMF 시기를 거쳐 정년까지 근무를 마친 터다.

어머니는 워낙 열심히 사시는 분이라 그런지 경주시장이 수여하는 장한 어머니 상을 두 번이나 받으셨다. 그런 분이 나이가 드시니 죽음을 걱정하게 된다. 어머니는 90 연세에도 채소난전을 포기하지 않으셨다. 유모차에 채소를 가득 싣고 이제는 어려운 걸음걸이인데도 장사를 고집하신다. 자식들이 집에서 쉬라고 해도 안 된다. 그것도 안하면 무슨 낙으로 사느냐 그러신다. 동네 다른 집 노인들은 경로당에서 편히 소일하는데 우리 어머니는 채소난전을 더 하고 싶어 하신다. 어머니가 하는 난전 자리는 안강 시장입구 미림약국 앞이다. 지금은 겨울이라 집에서 쉬고 계시는 때이지만 날이 따뜻해지면 손수 재배한 채소류를 유모차에 가득 싣고 미림약국 앞에 난전을 펼칠 것이다.

　우리가 사는 경주 안강이란 곳이 인구가 꽤 되는 읍이고 주변에 크고 작은 공장들이 있어서 장날이 아닌 평일에도 장사가 되는 곳이다. 봄가을 두 번 정도 시골집엘 내려가는데 갈 때마다 시장 입구를 먼저 들른다. 어머니께서 필시 그곳에서 꾀죄죄한 모습으로 난전을 하고 계시리라 생각되기 때문이다. 어머니께 제가 왔다는 인사를 하고 큰 마트에 가서 뜨끈뜨끈한 순대 몇 천원 어치와 소주 두 병을 산다. 아들 몫 한다고 어머니께 갖다 드리면 주위 동료 난전 여자 분들을 불러 같이 한잔 나누는 모습을 보면 내가 기분이 좋아진다. 저녁 무렵 팔다 남은 장거리를 챙겨 집으로 모셔오면 방바닥에 지폐를 펼쳐놓고 간추려 세어보는 모습은 화색이 완연하다. 그런 걸 낙으로 사시는 분인데 환자가 되어 거동도 제대로 못하시니 얼마나 답답하실까? 머리가 어지럽기도 해서 대학병원에서 검사를 해도 특별한 병명이 없다.

　팔다리가 붓고 힘이 없어 정형외과 쪽 MRI를 찍고 해도 원인을 알아내지 못하고 있었다. 걷는 것도 어렵고 숟가락질도 원활치 못하다가 좀 나았다는 소식이 오던 상태였다. 이제 세상과 이별을 해야 할 노환인가 싶은 생각이 들었다. 91세까지 사시는 동안 무릎관절과 치과에 다닌 것밖엔 없을 정도로 병원신세를 지지 않고 살아오셨다. 아플 틈이 없을 정도로 열심히 살아오신 분이다. 우리 형제들은 모두 5~6년만 더 사셨으면 하는 바람이었다.

　요양병원으로 옮겨서 입원해 있는 때, 맏이인 내가 몇 번이고 내려가 보려다가 설을 앞둔 시기에 아내와 한 번 다녀왔다. 오랜 병원 생활로 인해서 병색이 완연했다. 설 연휴 때는 구미에 사는 여동생의 딸인 조카 집에서 우리 형제들과 모여서 분위기가 좋았던 것 같다. 순간순간 찍은 어머니의 사진 표정이 많이 좋아 보였다. 연휴가 끝나고 병세가 호전되어 병원에서 퇴원 허락이 났다. 한 달여 병원생활을 하신 것이다. 오랜만에 안강 집으로 내려가니 하루하루가 다르게 좋아지는 모습이다. 역시 내 집이 제일 좋은 모양이다. 아직은 쌀쌀한 날씨지만 정월대보름 대목을 앞두고 동생 하나의 도움으로 장사를 하루 나갔다 오셨다. 이제 따뜻한 봄이 오면 어머니가 하고 싶은 채소난전을 미림약국 앞에서 하시게 되기를 바란다.


# 천혜의 뉴질랜드


1/27 19시40분 시드니 공항을 이륙해 3시간가량 비행 후 뉴질랜드 남 섬 크라이스트처치 공항에 도착한 시간은 현지 시간 새벽 1시쯤이다. 여기가 호주보다 두 시간 빨리 간다. 한국보다는 정확히 4시간 빠르다. 공항을 나와 현지 가이드의 안내로 전원주택 같은 호텔에서 짐을 풀고 7시30분에 일어나기로 한 후 잠자리에 들었다. 09시경 일행 13명이 25인승 미니버스를 타고 뉴질랜드 남 섬 관광에 나섰다.

뉴질랜드는 자연이 맑고 깨끗한 것이 인상적이다. 고인 물도 유리바닥을 들여다보는 것처럼 맑다. 이 나라는 맹수도 없고 뱀도 없고 자연재해도 없다고 가이드가 설명한다. 자연수를 먹어도 해롭지 않을 정도다. 그렇다고 생수가 없는 것은 아니다. 가는 곳마다 쪽빛으로 빛나는 호수가 많고 하늘은 흰 구름과 함께 그림같이 맑고 깨끗해서 기분을 좋게 한다. 넓은 호수는 둘레가 80km 가까이 되는 곳도 있다고 한다.

전체 면적은 우리나라 남북한 합한 것의 1.3배 총인구 450만 영연방을 싫어하지 않는 나라다. 영국에서 총독이 나와 있고 현지인 수상이 다스리는 나라로 불평이 없고 평화롭고 잘 사는 나라다. 국회의원은 많지 않은 보수로 일한다고 한다. 마치고 나면 연금을 좀 더 받을 뿐이다. 정치인들이 결정한 것은 국민들이 전적으로 신뢰하는 나라다. 부조리도 없다고 하니 우리나라도 좀 본받았으면 좋겠다는 생각이 들었다. 세계에서 사회보장제도를 가장먼저 시행한 나라라는 걸 이 여행에서 알았다. 연금, 교육, 의료 모든 것이 완벽하게 보장되는 나라다. 반면에 담세율이 상당히 높다. 사회질서도 완벽하여 죄짓고는 살아갈 수 없는 나라다. 죄를 지으면 가족, 친인척 신상을 전부 공개하므로 생업을 하고 살 수가 없게 된다고 한다.

섬나라는 다 그런지 호주에 이어 이곳도 자동차 핸들은 우측에 붙었고 차는 좌측 통행을 한다. 호주와 같이 운전하는 사람을 캡틴이라 부른다. 교통법규가 엄격해서 그런지 규정 속도를 초과하는 일이 없고 몇 시간을 운전을 했으면 캡틴은 쉬어야 하는 것도 철저하다. 시내라야 우리나라 읍 정도다. 시내를 조금 벗어나면 어쩌다 몇 가구 모여 사는 마을을 볼 수 있었다.

공장이나 생산시설이 없어도 목축업으로 잘사는 나라다. 몇 시간을 달려도 푸른 초원에서 소, 양 떼 혹은 말, 사슴 떼가 한가로이 풀을 뜯고 있다. 축사가 있을 필요가 없고 겨울에도 얼지 않는 지형이라 사철 싱싱한 풀을 뜯어 먹을 수 있다. 자연방목 상태로 밤낮 없이 초원에서 생활한다. 소는 누렁 소 떼가 있는가 하면 얼룩박이 젖소 떼가 있다. 차창 밖으로 몇 번 보고 가이드 설명을 들은 얘기지만 젖소는 하루 두 번 합 30리터 정도의 젖을 짠다고 한다. 줄을 지어 있는 것은 젖을 짜기 위해 초원에 있는 한 회백색 막사에서 순서를 기다리고 있는 광경이다. 막사 안에서 사람이 젖소에 착유기를 갖다 붙이는 것만 하면 된다고 한다. 다 짠 젖소는 막사 밖으로 나와 다른 소가 줄을 설 때까지 기다려 준다. 줄이 이어지면 뚜벅뚜벅 자기들이 풀 뜯던 장소로 일렬로 가는 것이다.

이곳 목축은 초원이 넓기 때문에 10헥타 정도의 구역을 10여 개로 하여 울타리를 쳐놓고 순서대로 구역을 바꿔가며 소 떼들의 풀을 뜯게하고 있다. 한 마리당 1200평 정도의 초지면적을 할당한다고 한다. 우리나라의 축산농가의 소들이 생각난다. 축사에 갇혀 주는 사료나 먹으니 불쌍한 생각이 들었다. 소, 양, 말, 사슴들의 천국 뉴질랜드다. 해칠 천적도 없으니 얼마나 좋은가! 이 나라의 생산물 중 하나는 건초다. 몇 시간 평원을 달리는 차창 밖을 보면 흰 비닐로 포장된 커다란 두루마리 둥치 무더기를 볼 수 있다. 현대자동차에서 자동차 생산하는 것과 같은 생산물이라고 가이드가 말한다. 이 건초를 수출도 하는 모양 이었다.

1/28 전후 며칠이 이곳 과일 체리 수확의 적기라 최고의 맛을 볼 수 있다고 한다. 과일 판매하는 휴게소에 쉬게 되었다. 체리를 맛뵈기로 몇 개 먹어보니 과육이 두툼하고 달고 싱싱하여 맛이 매우 좋았다. 현지에서 적기의 과일을 먹게 된다는 것이 감회가 깊다. 체리 및 싱싱한 과일을 충분히 먹을 만큼 샀다. 어쩌면 우리가 체리의 수확 딱 이 시기에 온 것이 행운이라는 생각이 들기도 한다. 저녁 숙소에서는 일행들이 우리 방에 모여 간소하지만 술과 사가지고 온 체리 및 다른 과일로 즐거운 파티가 열렸다.

　모든 것이 풍요롭고 자연재해도 없어 집을 한 번 지으면 100년은 간다고 한다. 여행 중에 집 짓는 것을 하나 봤는데 뼈대는 다 나무구조였다. 지붕은 양털을 반드시 넣고 양식기와나 슬레이트(한국 슬레이트와는 다르지만) 지붕을 해도 오래 간다는 것이다. 물론 벽은 벽돌이나 판넬 같은 것이다. 집들이 화려해 보이지도 않고 수수하게 보였다. 천국 같은 나라 같지만 이 나라 국민들에게도 안 좋은 것이 있었다. 인구가 적어 여기저기 살다보니 사람들과 어울릴 기회가 적어 우울증으로 고생하는 사람이 많다고 한다. 하느님은 모든 복을 다 주지 않는 모양이다. 그래도 뉴질랜드는 자연이 살아있는 쾌적한 나라임은 틀림없다.

## 나의 밤

고요는 나를 잡아당기고
또 잡아당기는 밤

밤의 문을 열고 나서면
소리 없는 내 함성을 지르는 시간

갯바위에
다닥다닥 붙은 따개비같이

수많은 상상의 사연을 싣고
잔잔한 바다로 나아가는 똑딱선이 되어
넓은 바다를 헤매고 다니다가

어쩌다 낚아 올린 고기같이
섬광 같은 울림이 있는 때

그날 밤은
등대 불빛을 만난 걸 감사하는 날

# 옛 생각

아침이다
지표면에 얼음꽃 깃 세웠다
냉기 겨드랑이 사이로 스친다

들판이 모시 천 펼친 듯한 때
팔뚝 같은 청무를 뽑아
앞니로 겉을 벗겨 먹었지

기러기는 언제나 북쪽
먼 하늘로 날아가는데

친구들아
옛날같이 달큰하고 시원한
청무 속살 먹어보자

## 창가에서

창문을 열면
뼈 녹아 진이 된 바람 느긴다
시도 때도 없이 부는 광풍
방향을 잡기 어렵다

잠 못 드는 밤은 뭣 때문일까
쏟아지는 말들의 파편들이
뻥튀기처럼 비산하는데
태평소 부는 것만 희망이든가

아버지 허리 펴는 소리
잊어버렸구나

몇 백 년도 긴 세월
눈앞에 보이는 것조차 헤아리지 못하니
도리질도 할 시간 없는 장돌뱅이
마수걸이에 신이 나듯
천년 탑은 왜 무너질까

# 김은자

아무것도 아닌 듯 외면하고 싶었던 일들이
툭툭툭 낙엽처럼 떨어진다.
바스라져 가는 친구들을 보면서 시를 부르지 않을 수 없었다.
시 나무에 촛불 하나 달아 놓고 더듬더듬 따라가련다.

시

이제라도 | 수족관 금빛잉어 | 채송화

버드나무 | 심야버스

## PROFILE

계간 『크리스찬 문학』 신인상 시 부문 당선, 월간 『아동문학』 신인상 동시 부문 당선
시계문학회 회원. 저서: 동시집 『꿈봉투』 공저 『奇緣』 외 다수

# 이제라도

아버지 푸른 날, 엄마는
한 명 두 명 태어나는 동생을 품고
미끄러지는 달동네 단칸방으로 옮겨 다녔다
산그늘 외딴 집
할머니와 살고 있던 나는, 늘 가늘고 축축했다
일 년에 서너 번
서걱서걱 달빛으로 찾아온 엄마
꿈결처럼, 마음은 이미
엄마 품에 안겼는데
뒷걸음치며 훌쩍이던 유년
옆방 문틈으로 새어 나오는
엄마 물소리 듣다 잠들었다

엄마의 드르륵 드르륵
재봉틀 아픈 출렁임에 일어나
괜시리
꽁꽁 얼어붙은 걸레
한 바가지 뜨거운 물에 녹여
마루를 닦았다

재봉틀 곁을 빙빙 돌며

이제라도
여섯 동생들에게 고스란히 넘겨줬던
그 무성한 사랑에
폭 –
안기고 싶은데

한여름
진눈깨비 흩날린다


## 수족관 금빛잉어

흐느적흐느적
무리들과 같은 방향으로 움직인다
누군가 툭–건드리면
살점 한 점 움푹 들어갈 것 같다
적당한 거리의 유리벽을 알아차리고
기특하게 부딪히지 않는다
온몸 흠뻑 젖도록 긴장해야

빛나는 틈에서 먹이를 낚아챌 수 있다
시간이 지날수록
생은 희미해져 간다

투명한 칸막이 속 너
따순 밥 마음껏 먹고 통통해질 줄 알았다
분리불안 때문일까!
허리는 더 가늘어지고 휜다
지느러미에 붉은 반점이 올라온다
살아있음이란 눈멀고 병들고
수족관 밑바닥 뿌연 먼지들 발꿈치를 든다

가슴 치는, 천둥 같은 녹슨 빈 수족관 석 자짜리
내 시간에 굵고 단단하게 묶여있다
오늘처럼 마음 흩어지는 날이면
쓰나미처럼 덮쳐와 무너뜨린다
거룩을 앞세워-

# 채송화

십자가 밑
바위틈에 납작 엎드렸다
뿌리 흔들리도록 바람 만들어
싹 틔운 잎사귀 몇 장
등 위로 태풍이 지나갔다
태풍에 잘려나간
애끓는 고백들 풀썩거린다
눈만 마주쳐도
금세 울음이 터질 것 같던
가녀린 연분홍 기적

빛으로 퍼져
여름 심장 깨운다.

# 버드나무

수덕사 아래 삼백 년 된 세 자매 있다
불룩 튀어나온 배 위에 손 얹고 수런거린다
태동 느껴보라는 듯
물 흐르는 심박동 소리 들으며
매미와 새들
수없는 발길질로 허물 벗어 놓고 날아가는 동안
더욱 견고한 유리벽이다
서로 엉겨붙어 마주하면 튼튼한 하루가 되었으리
때론
허덕이는 시간 송두리째 낚아채
달아나는 오토바이 굉음으로
품에 안고 있는 어린 생명
빙그르르 돌다 추락한다
바람의 아우성에도
한 땀 한 땀 엮은 치마폭 늘어뜨려
오고 가며 첨벙거리는 이
눈물 닦아 준다

만삭된 몸으로

# 심야버스

밤새 뜨거운 숨 몰아쉰다
흔들리는 사람들의
고단함 품고

술에 취했지만
취객이 아니리라
털썩 주저앉고 싶지만
불행도 내 편이라 여기며
버스에 오르는 친구
억울했고 아팠던 지난날과
헤어지기로 굳게 마음 세우고

의류도매상 주인은
덜컹거리는 길에서 꽃길을 꿈꾼다
스스로 울리는 알람시계를 켜고

주름진 얼굴들
반짝이는 또 다른 세상 만든다
잠시 쉬고 있지만

쉬는 것이 아니다

절절한
오늘의 살아있음이다.

# 김세희

따듯한 사람들과
그들의 마음이 한자리에 모여
열한 번째 생일파티가 무르익는다.
겨울밤이 더 이상 두렵지 않다.

### 수필

하루살이 | 결혼이야기 | 그에게 가고 있다

## PROFILE

부산 출생. 「문파」 수필 부분 신인상 당선 등단. 문파문인협회 회원. 시계문학회 회원

# 하루살이

601동 이사 들어간 집 구경 가자며 친구들이 들떠있다. 잠에서 막 깨어난 나는 몽롱한 상태로 친구들을 따라 나섰다. 방방마다 불을 켜서 인지 다른 집보다 유난히 밝다. 베란다 창을 타고 집 안으로 들어가니 나처럼 호기심 많은 친구들이 창틀에 널브러져 있다. 그제서야 나보다 빨리 잠에서 깬 친구들의 충고가 떠올랐다. "방충망 가까이에만 붙어있어. 집 안으로 절대 들어가면 안돼!" 오늘만 사는 삶이지만 무엇이 되었건 행동으로 옮겼으니 의미 있게 지내보자고 마음을 다독였다. 하루를 살아도 특별하게 살고 싶으니까.

눈이 고양이처럼 생긴 아주머니가 성큼성큼 베란다로 다가와 손에 쥔 휴지로 내 친구들을 봉투에 쓸어 담았다. 나는 휩쓸려가지 않으려고 베란다 창틀 아래 틈에 몸을 동그랗게 말고 붙어 있었다. 아주머니는 방충망 문을 열었다 닫았다 몇 번 반복한 후 세게 닫아버렸다. 주위에 아무도 없을 때 탈출해야겠다 마음먹었지만 들어왔던 창틈을 스펀지로 막아 갈 길이 막혀버렸다. 죽은 척할 수도 살아있다는 티를 낼 수도 없는 나는 이제 무엇을 해야할지 곰곰 생각했다. 숨어서 날갯짓하는 걸 잊어버리지 않게 연습할 테야, 다른 길이 있을 거니까. 정신을 가다듬고 침착하게 주변이 조용해지길 기다린다.

거실에서 사람을 벌레 보듯 하며 갑질하는 나쁜 사람은 혼이 좀 나야 한다는 얘기가 들려온다. 사람 웅성거리는 소리가 한참 들리더니 삐비빅 소리와 함께 잠잠해졌다. 잠시 후 아주머니의 심상치 않은 발자국 소리에 가슴이 요동쳤다. 몸을 더 더 움츠렸다. 걸음을 멈춘 아주머니 입에서 날카로운 비명소리가 흘러 나왔다. 휴~ 들킨 건 내가 아닌 집게벌레였다. 고약한 냄새의 물세례를 당한 집게벌레에게 정신 차릴 틈도 주지 않고 돌돌 말아 두꺼워진 휴지로 숨통을 조였다. 비닐 속에 감금된 집게벌레는 꽁꽁 묶여 쓰레기봉투 속으로 휙 던져졌다. 친구들이 내 눈앞에서 쓸려갔듯 순식간에 벌어진 일이다. 마음 한켠에서 불끈 무언가가 끓어올랐다. 벌레에게 갑질한 아주머니도 혼이 좀 나야 한다.

1

이 집에서 집게벌레처럼 의미 없는 죽음을 맞이하게 될까. 세상 밖으로 나가 자유롭게 훨훨 날아다니는 기쁨을 만끽하다 자연으로 돌아가게 될까. 나에게 허락된 시간이 길지 않음이 안타깝다. 눈을 깜빡이는 건지 감고 있는 건지 구분이 가지 않고 사방이 조용하다. 살그머니 창틀 틈에서 나와 구겨진 날개를 조용히 팔랑이며 내가 빠져나갈 수 있는 탈출구가 있는지 조심스럽게 날아다녔다. 아저씨의 드르렁 코 고는 소리에 잠시 멈칫하고 꼬마가 이불 걷어차는 바스락 소리에 심장이 또 한 번 쫄깃해졌다. 아무리 두리번거려도 출구가 없다. 여기가 바로 감옥이구나. 선선한 기운이 느껴지는 창틀에 다시 자리를 잡고 우두커니 앉았다. 내일은 밖으로 나갈 수 있는 방법이 생길 거야.

불을 켜지 않아도 환해진 걸 보니 아침이다. 아주머니는 부산하게 누군가와 통화를 하더니 집안에 있는 방충망을 모조리 촘촘 방충망으로 교체했다. 벌레가 집안으로 들어오지 못한다나. 벌레를 왜 이렇게 혐오하는 것일까. 사람들의 피를 빨아먹고 지저분한 병을 옮기는 벌레가 있긴 하지만 모든 벌레가 그렇진 않다. 사람들에게 달콤한 꿀을 선물하기도 하고 그들에게 피해를 주는 해충들을 잡아주기도 한다. 그리고 나는 내버려둬도 60시간 이상 살기 힘든, 오늘만 충실히 살아가는 그냥 호기심 많은 하루살이일 뿐이다. 흥분을 가라앉히고 깊게 심호흡한다. 문득 벌레가 싫어서 더 촘촘한 감옥을 선택한 아주머니가 나보다 훨씬 불쌍하다는 생각에 눈가가 촉촉해 진다.

태양이 서쪽으로 살짝 기울자 아주머니는 컵에 검은 물을 담아 호로록 마신다. 천천히 그의 얼굴을 살피니 생기가 돈다. 사람을 금방 기분 좋게 만들어주는 저것은 마법의 물이 틀림없다. 감겨오는 눈에 힘을 주어 아주머니를 또 한 번 올려다본다. 다시 태어날 수 있다면 나도 사람이었으면 좋겠다. 벌레 같은 사람 말고 사람다운 사람, 약한 이에게 갑질하는 사람, 촘촘한 벽을 쌓아 주변과의 소통을 거부하고 지내는 사람이 되진 말아야겠다. 하루만 살아내는 짧은 생이 아니니 길게 깊이 생각할 여유가 내게도 주어지겠지. 마지막 힘을 모아 컵을 향해 비상한다. 따듯하고도 씁쓸한 이 개운함이 사람답게 살아가는 인생의 맛일까.


# 결혼이야기

연애를 오래도록 하는 커플들은 안다. 봄 햇살 따사롭게 내리쬐는 잔잔한 바다 물결처럼 호시절이 있는가 하면 거센 폭풍우에 배가 뒤집어 질듯한 격동기도 있다는 것을. 목숨 걸고 사랑한다 말하는 이들, 그들은 가진 것 모두를 걸고 평생 변함없이 사랑하며 살 수 있을까. 내가 가진 모든 것을 걸고 올인해야 하는 것, 그것이 결혼임을 철없던 시절엔 깨닫지 못했다.

모든 아줌마들의 봄날은 찰나였다. 아줌마 셋 이상이 모이면 남자들이 모여 군대이야기 하듯 시간가는 줄 모르고 이야기 배틀이 시작된다. 날이 갈수록 밉상 짓 하는 남편이 늘 뜨거운 감자다. 미운 우리 남편에게 소심하게 복수하는 방법은 구전으로 전하고 전해진다. 아침밥을 굶기는 것은 복수를 처음 선택한 초보자들이나 하는 행동, 고수들은 조금 더 지능적이다. 화장실에 걸려있는 남편 칫솔로 세면대를 닦아내기도 하고 자동차 키를 슬쩍 숨겨 놓기도 한다. 남자들의 삶도 녹록치 않다.

한 지붕 아래 긴 시간 동거하며 변함없이 사랑하는 커플도 있다. 좋아하는 여자가 생겼다 해도 질투하지 않는 쿨함은 기본. 하루 종일 붙어 있어도 싫증나지 않고 스르륵 잠이 드는 순간까지 매일을 열렬히 사랑하는 그들. 열 달을 배에 품어 세상 빛을 보는 순간부터 만났으니 그 사랑은 세상 어떤 사랑보다 구구절절하다. 나이 들어 삼식이가 되어가는 남자들도 그 어머니와는 소중한 연인이었을 것이다.

심술을 부리려다 문득 남편의 데칼코마니, 나와 7년간 변함없이 사랑하는 아들 얼굴이 떠올랐다. 인생의 많은 부분을 포기해가며 곱게 기른 내 아들이 세면대 닦아낸 칫솔로 양치를 한다는 상상을 하니 끔찍하다. 좋아하는 여자가 생겼다 말해도 쿨한 나지만 아들에게 심술부리는 여자에게 쿨할 자신은 없다. 사랑을 듬뿍 받고 자랐을 어머님의 사랑, 미운 우리 남편을 생각하니 마음 한켠이 짠해진다. 이제 내가 아들을 키우는 심정으로 매일을 살아보겠다는 지키기 힘든 결심을 한다. 내 마음에는 바람이 숭숭 불어온다.

식탁에 마주앉아 조용히 남편을 바라본다. 싱그러운 5월 바람처럼 나를 설레게 하던 그의 얼굴에도 잔잔한 주름이 나이테처럼 자리잡았다. 그 흔적들에 내가 일등공신이었음을 생각하면 미안한 마음과 애처로운 감정들이 마구 요동친다. 철없는 나에게 엄마보다 사랑한다 맹세하던 그도 아차했겠지. 엄마만큼 절대적인 사랑을 주는 여자는 없다는 것을 깨달은 후에 남편도 어린 왕자가 여우를 길들이는 심정으로 매일을 살아냈을 것이다.

2

인생의 시작은 랜덤이다. 부모님과의 관계가 첫 번째 랜덤이라면 대학을 가기까지 무수히 많은 랜덤이 삶을 들썩이게 한다. 스스로의 판단으로 대학에 진학하고 직장을 선택하는 안목이 생기면 인생에 있어 가장 중요한 결정의 순간이 온다. 사람을 사랑한다는 것, 무수한 책임과 끝이 보이지 않는 희생이 필요하다는 것을 결혼 전에는 몰랐다. 짧은 30년을 바람처럼 흘려보내고, 15년을 방황했지만 이제서야 깨닫는다. 조금은 늦었지만 올인!

# 그에게 가고 있다

　　　스산한 바람 불던 가을 어느 날이었다. 그를 만난 건 우연이었다. 아주 우연히. 친구의 소개로 한 번 만났고 오랜 시간 잊고 지냈다. 잠이 오지 않아 뒤척이던 밤이 여러 날 이어졌고 갑자기 그가 떠올랐다. 헝클어진 머리와 김칫국물로 얼룩진 옷을 걸친 초췌한 나를 거부감 없이 맞아준 그는 밤새 많은 이야기를 들려주었다. 그 후로도 불면의 날이 이어질 때면 염치없는 불청객처럼 그에게 달려갔다.

　그를 만난 건 행운이었다. 세상살이 단단해지도록, 세상 속에 당당해질 수 있도록 나를 다듬어 주었다. 질문을 되뇌고 또 되뇌어도 그는 지친 기색이 없었다. 늘 같은 자리에서 한결같은 톤으로 나를 다독였다. 아무도 없는 공간에 혼자 버려졌다는 절대 고독이 나를 짓누를 때 조용히 그가 하던 얘기들을 읊조렸다. 무료한 오후 햇살마저 슬프게 느껴지는 날이면 어김없이 그를 찾았다. 혼자 먹는 점심이 초라해지고 누군가가 미치도록 그리운 늦은 밤에도 그에게 달려갔다. 내가 찾을 때마다 그는 늘 그곳에 있었다.

　싫증을 빨리 느끼는 내 성격 탓이다. 그와 아무런 작별인사를 나누지 않고 우리는 헤어졌다. 많은 이들을 만났다. 밤하늘 펼쳐진 별만큼이나 셀 수도 없이 많은 이야기들을 쏟아냈지만 내 변덕을 잠재울 이는 아무도 없었다. 몇 번의 만남이 반복되면 마음은 다른 곳을 향해 내달리고 있었다. 나는 자유연애주의자! 점점 대범해진 나는 양다리 세다리 문어다리를 걸치면서 아슬아슬 줄다리기를 했다. 그들을 통해 세상을 살아가는 지혜도, 세계를 바라보는 시야도 깊고 넓어졌다.

내가 그를 다시 찾은 건 결코 우연이 아니었다. 햇살 드리우는 한가로운 오후였다. 뜨거운 아메리카노를 테이블에 올려두고 한껏 여유를 부리던 그때 섬광처럼 내 머릿속을 스치는 그의 말소리, 이미 나는 그에게 가벼운 발걸음으로 가고 있었다. 몇 번의 계절이 바뀌었지만 우리는 전혀 어색하지 않았다. 그는 내가 좀 더 다양한 이들을 만나고 다른 생각을 지닌 이들의 이야기에 귀 기울여보라 했다. 한 번도 가 본 적 없는 미지의 세계, 생각지도 못한 낯선 공간들과 마주서라며 용기를 줬다.

나는 그에게 가고 있다. 조금은 상기된 얼굴로 조금 더 성숙한 모습으로 조용히 그에게로 가고 있다. 지나온 시간들과는 또 다른 느낌으로 나와 그는 마주 설 것이다. 뒷이야기가 궁금해 조바심을 내지 않아도 될 만큼 우리는 익숙해졌다. 책장 오른쪽 두 번째 칸에 적당히 손때가 묻은 『감정수업』이 눈에 들어왔다. 후루룩 책장을 넘기니 들어도 다시 듣고 싶던 이야기가 빼곡히 적힌 페이지를 색 바랜 단풍잎 하나가 지키고 있었다. 나도 누군가에게 그리운 그가 되고 싶다.

# 김진환

새내기가 시詩를 쓴다는 것 자체가 즐겁고 경이로운 일이다. 무엇을 쓸 것인가 어떻게 전개할 것인가? 생각을 거듭하고 고심하는 과정이 곧 보람이고 기쁨이다. 아니 때로는 가슴 쥐어뜯고 싶은 괴로움이 수반된 기쁨이라는 표현이 옳을 듯하다. 그래도 이제 피할 수 없는 이 고뇌에 찬 기쁨을 운명처럼 즐기리라.

---

시

전원에서 | 즐거운 일 | 그리움 | 칠부능선 | 새벽

---

PROFILE

전남 해남 출생. 시계문학회 회원. 서강대학교 경영대학원. 신한은행 지점장, 본부장
성결대학교 외래교수 역임

## 전원田園에서

본시 하나였던 것
인간과 자연

사람 사는 일 협량하고 공허한 찰나
자연이 시현하는 것 광대무변한 영겁의 세월
영원을 갈망하는 연습, 전원의 삶

수탉 홰치는 소리에 새벽을 듣고
밤나무 잎새 변화에서 계절을 읽는
자연은 필시 문명의 원초였으리라

텃밭에서 식탁으로
오븐에서 갓 구어낸 식빵처럼
시간을 배제한 즉시성의 미감味感
상긋한 풋내음 통째로, 거칠게,

아삭아삭
상추 씹는 소리
근심 털어내는 소리

# 즐거운 일

폭염의 긴 터널 지난 가을바람
정화수로 샤워한 듯 오감五感이 감미롭다
코발트블루 창공에서 쏟아지는 가녀린 가을 햇살
바라만 보아도 즐거운 일

지구 반대편에 누가 있어 힘껏 밀어주는 것일까
며칠 전 뿌린 씨앗 연둣빛 새싹으로 솟아났네
비바람 햇볕 먹고 튼실해질 너 지켜보는 것 즐거운 일

저물어가는 오후녘 숙제 마친 친구들
두런두런 모여앉아 지나온 길 반추하고 남은 삶 노래하네
해 지기 전 서로의 사랑 확인하는 것 즐거운 일

비상飛上을 위한 아기 새의 서툰 날갯짓
떨어지고 넘어지고,
멀리 날 수 있다는 희망 안고 푸드덕푸드덕
시詩 습작하는 일 더욱 즐거운 일

# 그리움

찬바람 부는 강 언덕
어미 소 한 마리 서 있다

음메~
이틀 전
우시장에서 팔려간
송아지를 부른다

풀 뜯는 일 잊은 채
새끼만 찾는다

음메~
음메에~
어느 생生에 모자母子되어
우리 또 만날 수 있을까

애끓는 어미의 울부짖음
강물 따라 여울져 흐르고

젖은 듯 슬픈 눈망울에
그리움이 가득하다


## 칠부능선

한참을 올라온 것 같다
어디쯤 왔는지 어디로 갈 것인지
소명처럼 찾아든 은빛 궁금증

점점 어두워지는 시력, 밝아오는 마음의 눈
배낭의 무게만큼 허기를 느끼는
역설의 언덕, 칠부능선

능선 아래 펼쳐진 세상, 삶의 허무를 본다
먹이가 생生의 전부, 개미 떼 군상들
영문 모른 채 동료 따라 질주하는 위태로운 레밍의 무리들까지

살아온 것인가
그냥 살아진 것인가
이제 내 인생 주인으로 살 것이다

배낭이 버거운 자 나눠 지고
패인 곳 메워가며 그렇게
누운 풀잎처럼 낮아지리라

덤이다
마음씨 고운 시장골목 아줌마
한 줌 얹어주는 콩나물
더하면 좋고 없어도 그만

비움은 가벼움
욕망 덜어낸 자리 오롯이 사랑 담아
스며드는 황혼빛 마다않고 천천히
뚜벅뚜벅
남은 등정에 오르리

# 새벽

적막한 고요다
참신한 순결이다
베일에 가린 미지의 처녀
하루를 향해 어슴푸레한 음모를 꿈꾼다

낮과 밤 편들지 않는 조화로운 중재자 되어
너그러움 보이다가도 게으른 자
정화수 한 사발 허락치 않는 추상 같은 꾸짖음
선택한 자만이 맛볼 수 있는 늦잠보다 산뜻한 청량감,
안락을 포기한 기회의 보상이다

펄떡거리는 비린내, 어시장 사람들의 활기 넘치는 생동감
팔리지 않으면 죽는다 생선들의 비명
생과 사를 가르는 절박함이 어찌 너뿐이랴

목을 빼고 간택을 기다리는 인력시장 민초들
오늘도 하루 땀 흘릴 어딘가에 몸뚱이 팔아
그 품삯 피붙이 지키고져.

캄캄한 어둠 털고 밤새 벗겨진 삶의 껍데기들

쓸고 닦는 미화원의 거친 숨결
도회를 깨운다

짧지만 간절한 이 거룩한 시간을 위해
우리 단정한 몸매로 깨어있자
정갈한 은쟁반 하나 들고

# 최영숙

늦은 시작이지만 인생의 순간들이 무르익기를 바라는 작은 바람이다. 삶은 곧 시이고 시가 곧 삶이라는 운명 같은 만남을 일깨워 주신 지도교수님과 문우님들께 감사드리며 오늘도 소망의 노래를 불러본다.

## 시

카타르시스 | 사랑 | 화산 1 | 화산 2 | 풀꽃 예찬

## PROFILE

1959년 전남 나주 출생. 방송통신대학교 국어국문학과, 서울기독대학교 대학원 기독교상담학수료. 대한예수교 총회개혁신학목사. 시계문학회 회원

# 카타르시스

뿌연 안개 속에서의 심연
잡히지 않고 보이지 않는다

심연은 길을 찾지 못하고
더 깊음 속으로 휘몰아간다.

답답함에 몸서리치며
하얀 백지장 되어 무심히 날려버린다
보이지 않는 발자국처럼

심연 속에도 끝이 있나 보다
마침내 뒤집어지고 엎어진다
잃어버린 것들이
전율을 일으키며 찾아온다

가슴앓이 같은 삶의 노래를 부르며

터져 나오는 생수로
소리 나는 환희로

사과나무 밑에서 나누는 밀어로
카타르시스

오늘 시는 내게 그렇게 날아왔다


## 사랑

순식간에 차오르는 너의 비늘을 보았어
그 순간을 보기 위해 매일 찾아왔지
바람이 잦은 갈대숲에서
꺼질 듯 타오르는 등불 앞에서
희미하게 보여지는 그림자

포기하지 않는
상상의 나래를 펴며
기대에 찬 눈을 반짝거렸지

세찬 빗줄기가 뿌리는 날은
흙탕물에 가려 보이지 않아
떠오르지 않을 것 같은 불안함에 깊은 눈길을 주고

어둠 속에서 너를 찾아봐

고마리꽃 사이
반쯤 뜬 달빛이 반짝거리고
살짝 꼬리를 흔드는 너의 모습에
오늘 밤도 나는 가슴이 설레인다


## 화산 1

너는 참 부럽기도 하다
네 안에 있는 모든 것
그렇게 와르르 다 털어놓다니

너를 보호하고 있던 푸르름도 보이지 않고
작은 새각시 같던 민들레도 보이지 않더냐
네 욕망 앞에 쓰러져간 생명들
천년을 함께하던 유구함은 조금도 관심이 없는 게지

용광로보다 더 뜨거운 네 열기
한순간에 시커먼 욕심으로 뒤덮힐 때

비로소
검고 칙칙한 웃음으로 내 할 일을 다 했다고 하는 게지
깊은 어두움에 다시는
새벽이 올 것 같지 않아도
어둠을 뚫고 나오는 새벽
살아있기에 움튼다


## 화산 2

네가 거기에 있는 줄 아무도 몰랐어
아무도 알아주지 않는 캄캄한 어둠 속에서 얼마나 힘이 들었니
인내로 점철된 불씨가 타오르고 있었어
더 이상 참을 수 없는 너의 뜨거움
너는 세계의 중심

그때가 언제인지는 너도 몰랐어
네 안에 아무도 모르게
해가 뜨고 해가 지고
세월은 무심하게도 지나갔지

언젠가 터질 줄 알았지
더 이상 감당하지 못할 만큼의 무게
솟아올랐지
피할 길이 어디인지 몰랐어

견딘다고 사그라지는 게 아니었어
더 큰 폭발의 예고였을 뿐이야

다만 알려 주렴
가느다란 네 시그널 하얀 연기
지축의 흔들림
준비할 수 있게

그날을…

# 풀꽃 예찬

이름 없는 꽃이 아름답다
도시의 콘크리트 속에서
농촌의 들녘에서
비집고 나오며
하염없이 피어있는 꽃
구름도 쉬어가는 산봉우리를 정복하고
어디든 지천으로 피어나는 꽃

풀밭에서 가만히 귀 기울여본다
세상사 구석구석 사람 사는 이야기
색색의 물들임으로 춤추며 다가오는 너의 모습

폭풍이 휘몰아치면 가만히 숨어 네 자리를 지키고
작은 바람에도 우는 갈대에게 귀 기울여주며
향방 없는 나그네에겐 애써 웃어주었지

세상 어디에서도 반짝이는 별빛
네가 있으므로 사라지지 않을
찬란한 오늘

# 김근숙

글에 대한 욕심이 과하여 시작한 시가 되어 부끄럼 한 가득입니다. 마음으로 쓰고 마음을 내 보입니다. 내 마음 밭의 하늘을 살피며 처음으로 시를 썼습니다. 보이지 않지만 늘 곁에 있음을 어머니 느낍니다. 하늘에서 극락왕생 하소서.

## 시

기도 | 나도 쓸 수 있다 | 사모곡 | 집착 | 평행선

## PROFILE

부산 출생 , 고교교사로 정년, 시계문학회 회원. 2018 손 전시 동참

# 기도

죽음 뒤에 오는 그대!
헤아릴 수 없는 고통에도
굴하지 않고
삶과 죽음의 경계를 넘어
빛으로 오심을 알겠나이다.

진정한 참의 길은
이렇듯 고통 속에서 깨어나
비로소 만날 수 있는
궁극의 존재!
무엇을 보여주고, 하려 했는지
깊은 뜻 이제야 알겠나이다.

카인이 아벨을 죽였을 때
이미 타인이 된 우리
구하지 않으면 열리지도 않을
세상을 만들어 낸 우리

참회의 눈물은

어리석음을 가장한
비겁함의 소산
하여
기도는 허공을 떠도는
빈 소리

신의 용서에는 대가가 따름을
공짜는 낙원만으로 족하다는 걸
알아야 열리는
신의 손
구원!

## 나도 쓸 수 있다

네가 글을 쓴다면
나는 그릴 수 있다

네가 소리 내어 하늘을 토로하면
나는 땅을 흔들어 초목을 울릴 수 있다

네가 죽기 아니면 까무러치기로
삶과 죽음을 얘기한다면
나도 심혈을 다하여
살아온 삶을,
다가올 죽음을,
당당히 노래하리라

맞서
살아온 세월에 값이 매겨진다면
하염없이 흐르는 눈물로도
원 없이 내 생을 살아왔다고 하리라

나를 거쳐간 삶의 이곳저곳이
어느 날 한 줌의 재로
갓 구워낸 도자기에 담겨
생이 끝났음을 말하면

삶이 그래왔던 것처럼
잘난 듯이 살았었다고 쓰리라.

## 사모곡思母曲

하늘에
그림을 그리라 하면
어머니 얼굴
그리렵니다.

하늘에
수놓일 글을 쓰라 하면
어머니 만났음은
천운이었으며 행복이었다고
쓰렵니다.

하늘에
소리를 들려주라 하면
천수경 암송하며
기도하던 낮은 음성입니다.

하늘에
빛을 보이라면
언제나 입가에서
사라지지 않던 은근한 미소의

어머니 소개합니다.


하늘에
제 마음을 호소하라 하면
뇌졸중으로 가신
어머니 안녕한지
바람결에라도
들려오기 바랍니다.



## 집착執着


사념은 거미줄
마음 한 곳은
하얗게 바랜
흰 종이


태워도 되살아나는
한 조각


너를 향해 옭아맨

동아줄은
나를 수없이 갉아
매달아 둔 거미줄

입안 가득 가시 되어
말은 잊은 지 오래

마른 영혼
텅 빈 육체라도
비우라면 채우고 싶고
말리면 더욱 하고파

그러나
너를 향해
자꾸만 이끌려 가는
비좁은 마음은
언제나
구름 위

## 평행선

그리워 말을 하며
돌아서니
네가 있구나

사랑한다 말하려니
너는 돌아서
길을 가고 있구나

사랑도 이별도
그리움은 여전히
그립다는 말로 남아있네

만남은 악연
애증의 세월
깊어라

나의 손을 잡으려 하는
그대
어느새 세월 먹어
피곤해진 오후같이

그래
올 것이 오고
갈 것이 가네
그리움은 반나절뿐

# 최레지나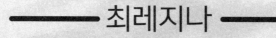
## (최영자)

하얀 꽃잎 달빛에 반짝이며 춤추며 쏟아진다
살포시 나의 입술에 앉아
노래를 한다

시
___

엄마의 정원 | 꽃길 | 떠나는 낙엽 | 가버린 흔적들 | 친구

PROFILE
___

서울 출생. 시계문학회 회원. 공저: 『奇緣』외 다수

## 엄마의 정원

수많은 잎 다 떨쳐내고
자작나무 하얀 곧은 선

은빛 광채 눈이 부셔
너에게 빠져버린다

흰 자작나무 숲에 바람이 불면
피아노 흰 건반 두드리는 은파 소리

한여름
곱게 풀 먹여 걸어놓은
하얀 모시치마 엄마 모습

흰 달빛 받아 빛나는
자작나무 숲은
추억이 있는 어머니의 정원

찬바람도 너를 비켜가며
포근히 흰 눈 내리네

# 꽃길

하얀 꽃잎이
달빛에 반짝이며
하늘에서 춤추며 쏟아질 때

나는 걸었지

꽃잎은 나의 입술에 살포시 앉으며 입 맞추네

겨울 추위를 잘 버티고 오늘 나를 기다렸다고

하얀 카페트
걸어가는
이 꽃길은

하늘의 천국 길인가

## 떠나는 낙엽

마지막 매달린 낙엽
이슬 먹고 붉은 입술 떤다

햇빛 쏟아진 녹음 속 함께한 시간들

이제 마지막 손을 놓아 버리면
바람과 같이 어디로 가나

찬바람 가슴에 안고
너와 나는 고독한 나그네

낙엽 밟는 가슴앓이
허공 속으로 흩어진다

# 가버린 흔적들

희미한 전봇대 밑에서 숨박꼭질하며
손톱 아프도록 공기돌 놀던 때

여고 시절 끝 수업 빼 먹고
명동극장 가던 시간

캠퍼스 위에
다정한 친구 목소리

막내둥이 등에 업고
큰딸 손 잡고 목욕탕 가던 슈퍼우먼 시절

이제는 희미해지는 눈동자
굳은 손가락 힘 빠진 발걸음

묵은 흔적을 남겨놓고 가야 하나
남겨진 시간 꿰맞춰 보지만

그때가 좋았지 지나가 버린 시간들

# 친구

우리는
가까운 친구

같은 마음, 같은 생각
눈빛을 함께하니 불편도 모르지

지구 끝에 멀리 네가 서 있다 해도
너의 그림자 발끝에 와 닿는구나

친구야
우리의 삶이 험하고 힘들어 눈물 날 때
함께하면 누가 우리를 밟고 가겠니

나는 너의 한쪽 날개가 되어
넓은 하늘에 펴자

삶이 끝나는 벼랑 끝에 누울 때 한 손을 잡아주면
아무 두려움이 없는 영혼이 될 거야

탁현미
임정남
박옥임
이순애
김옥남
박진호
김복순
손거울
이흥수
최완순
정선이
이개성
심웅석
윤정희
강신덕
김점숙
이중환
김은자
김세희
김진환
최영숙
김근숙
최레지나

시계문학 열한 번째 작품집

# 추억이 머무는 시간

시계문학 열한 번째 작품집

# 추억이 머무는 시간